胡桃中的
世界

[日]
涩泽龙彦
著

焦阳
译

中国友谊出版公司

图书在版编目（CIP）数据

胡桃中的世界/（日）涩泽龙彦著；焦阳译. -- 北京：中国友谊出版公司，2022.12
ISBN 978-7-5057-5510-9

Ⅰ.①胡… Ⅱ.①涩… ②焦… Ⅲ.①杂文集－日本－现代 Ⅳ.① I313.65

中国版本图书馆 CIP 数据核字 (2022) 第 112580 号

著作权合同登记号　图字：01-2022-6506

KURUMI NO NAKA NO SEKAI by TATSUHIKO SHIBUSAWA
© RYUKO SHIBUSAWA 2007
Originally published in Japan in 1984 by KAWADE SHOBO SHINSHA Ltd. Publishers
Chinese (Simplified Character only) translation rights arranged with KAWADE SHOBO SHINSHA Ltd. Publishers, TOKYO.
through TOHAN CORPORATION, TOKYO.
本书简体中文版权归属银杏树下（北京）图书有限责任公司。

书名	胡桃中的世界
作者	［日］涩泽龙彦
译者	焦　阳
出版	中国友谊出版公司
发行	中国友谊出版公司
经销	新华书店
印刷	天津中印联印务有限公司
规格	787×1092 毫米　32 开 9 印张　158 千字
版次	2022 年 12 月第 1 版
印次	2022 年 12 月第 1 次印刷
书号	ISBN 978-7-5057-5510-9
定价	49.80 元
地址	北京市朝阳区西坝河南里 17 号楼
邮编	100028
电话	（010）64678009

目录

- 石头的梦　001　石の夢
- 柏拉图立体　025　プラトン立体
- 关于螺旋　051　螺旋について
- 寻爱绮梦　075　『ポリュフィルス狂恋夢』
- 几何学与情色　099　幾何学とエロス
- 关于宇宙卵　119　宇宙卵について
- 对动物志的爱　143　動物誌への愛
- 关于纹章　165　紋章について
- 希腊的陀螺　183　ギリシアの独楽
- 关于怪物　205　怪物について
- 作为乌托邦的时钟　221　ユートピアとしての時計
- 东西庭园谭　241　東西庭園譚
- 胡桃中的世界　259　胡桃の中の世界
- 后记　279　あとがき
- 后记（文库本）　281　あとがき（文庫版）

石头の的梦

石　　　夢

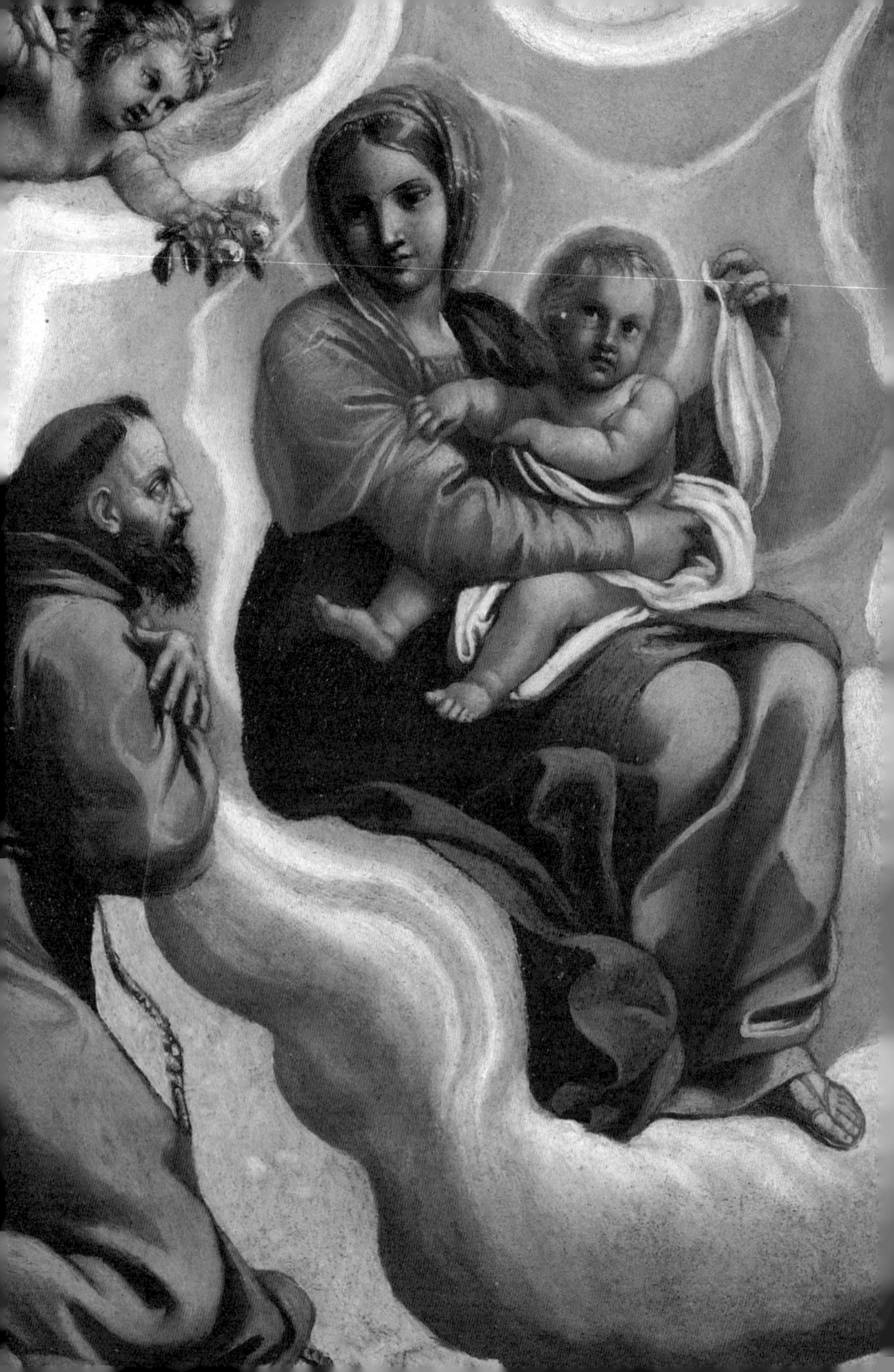

老普林尼编纂的《博物志》共有三十七卷，其中我最喜欢且反复阅读的一卷是最后一卷，也就是以宝石为主题的第三十七卷。据作者说，之所以将宝石放在最终卷，是因为宝石以最高级的方式展现了自然的崇高，宝石正是自然之美的精粹。

恐怕现在的繁忙社会中，已经不再有人白费时间阅读老普林尼等人的著作了。就我而言，也没有闲暇作为这位罗马文人的笔，将这些与科学的真实毫无关联可言的庞杂的奇闻轶事收集在一起逐个整理。但是我随手翻开了最近由 Les Belles Lettres 出版的拉丁语和法语对照的双语版，在其中发现的内容与现在的需求完全无关，甚至可以说，书中的内容越是"无用"，越是能够令我认识到，阅读这种包含秘密的书籍会产生强大的愉悦感。正如瓦莱里·拉尔博[1]所说，读书也许就是一种"无罪之恶德"吧。说到这里，我注意到第三十七卷《宝石》的第三章中有如下内容：

> ……接下来这块传言中十分有名的宝石，是与罗马人战斗过的皮洛士王[2]的宝石。那是一块玛瑙，可以看到表面有九位缪斯与手执竖琴的阿波罗的身姿。缪斯们被描绘为手执各种物品的姿态，但这些并不是出自人手的描绘，而是自然生出的宝石纹理看上去如此。（后略）

从宝石的截面中看出各种物体的形状，这并不算是一件稀罕事。《和汉三才图会》的"玛瑙"一项中提及"其中有人物、鸟兽图案的最珍贵"，由此可以看出，这种现象不仅出现在西洋，在日本也自古以来广为人知。当然，自然并不会在石头表面绘制有意义的形象，将其理解为有意义的形象的是人类的想象力，也就是所谓的"类推之魔"[3]。我所写的虽然是"石头表面"，但不如说是石头诞

---

[1] 瓦莱里·拉尔博（Valéry Larbaud，1881—1957），法国小说家、诗人。——如无特殊说明，本书注释均为简体中文版译者及编者所加。

[2] 皮洛士（Pyrrhus，前319或前318—前272年），曾为摩罗西亚国王及伊庇鲁斯联盟统帅、马其顿国王及叙拉古国王。他的活动范围不在印度。

[3] 除字面意义，亦指十九世纪法国诗人斯特凡·马拉美（Stéphane Mallarmé）的同名散文诗。

生时被封入石头内部的、被隐藏的形象，在石头被人们一分为二或被打磨时偶然浮现在表面，也许这种说法更接近真相吧。由于偶然，类似的奇迹广为人知；奇迹一旦出现，它的专制力量就会限制人们的想象力。罗夏墨迹测试的图像一旦被我们认知为"花"，以后再怎么看它，都看不出除花以外的其他东西了。无意义的形象就这样打开了梦中世界的大门。想象宛如被镜子映出一般，浮现在石头表面。就像加斯东·巴什拉[①]在《大地与休息的梦》中所言，"存在的胚胎就是梦的胚胎"。

"如果你在必须描绘一幅风景的时候观望由各种石头组成的杂乱石壁，你就会在石壁上看出充满变化的山、河、石头、树、荒原、山谷、山丘等等吧。有时甚至可能看到上面有战斗的场景、人们激烈的动作、微妙的面部表情、衣服与许多其他事物。"这是列奥纳多·达·芬奇在《手记》（现藏于法兰西学术院）中写下的内容。二十世纪的画家马克斯·恩斯特[②]曾经原封不动地引用这段文章，讲述他通过自身经历过的相同幻觉体验，发现摹拓法（frottage）的经过。也许古代人发现"有图案的石头"时产生的兴趣，与这些画家偶然发现时所感受到的喜悦即类

[①] 加斯东·巴什拉（Gaston Bachelard，1884—1962），法国哲学家、科学家、诗人。
[②] 马克斯·恩斯特（Max Ernst，1891—1976），德国画家、雕塑家、图像艺术家及诗人。

推的兴奋是很接近的。

*

关于"有图案的石头",巴尔特鲁沙伊蒂斯[①]的《错觉:形态的传说》[②](1957年)与罗歇·凯卢瓦[③]的《石之书》(1970年)等为我们提供了各种各样令人好奇的信息。我们可以通过这些作品了解自古以来人们对石头寄托了多么大的幻想,他们的想法究竟有多么古怪。中世纪的石谱经常直接引用我刚才提到的老普林尼的"皮洛士王的宝石"一节,但是普遍认为宝石的产地是印度。在中世纪的石谱中,最有名的应该是法国雷恩的主教马尔伯德(Marbodius of Rennes)撰写的《石谱》。他将东方的传说与以《圣经》为基础的基督教传统相融合,并且从中看出寓意,将其全部归结为神的力量。这一点在当时的动物志、植物志和石谱中全部一致。大阿尔伯特[④]在书中提到

---

① 巴尔特鲁沙伊蒂斯(Jurgis Baltrušaitis,1903—1988),立陶宛艺术史家、批评家,比较艺术研究的奠基人。
② 日语书名译作"错觉、形態の伝说",原书名为 *Aberrations: quatre essais sur la légende des formes*,疑日语原文讹误。后文提到的"《错觉》"亦指本书。
③ 罗歇·凯卢瓦(Roger Caillois,1913—1978),法国文艺批评家、社会学家、哲学家。
④ 大阿尔伯特(Albertus Magnus,约1200—1280),也被称为"圣阿尔伯特",中世纪欧洲重要的哲学家、神学家,多明我会神父。

了"有图案的石头"的形成原因，他认为星星的影响最为重要。但这终归是占星学体系中的一部分，与魔法和炼金术繁盛的文艺复兴时期之后的精神环境相关。蓬波纳齐[①]与卡尔达诺[②]等自然哲学家、斯卡利杰尔[③]与阿格里科拉[④]以及格斯纳[⑤]等人文学者、矿物学者和博物学者，曾各自留下关于"有图案的石头"的记述，并且以自己的风格解释了图案出现的原因。这些不一定与自然科学的发展方向完全一致，反而越来越倾向于奇异的魔法象征。

当时十分有名的东洋学者雅克·加法雷尔[⑥]，是路易十三的宫廷祭司，也是黎塞留枢机的图书管理员。他的《波斯人的护符雕刻奇闻》（1629年）可谓这一领域最令人惊讶的一部作品。其大胆的占星学式学说甚至被索邦大学要求部分修改，可见其作品所呈现的异端感。加法雷尔受到帕拉塞尔苏斯[⑦]的占星医学影响，他在其庞大著作的

[①] 蓬波纳齐（Pietro Pomponazzi，1462—1525），意大利哲学家、人文学者。
[②] 卡尔达诺（Girolamo Cardano，1501—1576），意大利数学、物理和医学方面的学者。
[③] 斯卡利杰尔（Jules César Scaliger，1484—1558），意大利医生、哲学家、语言学家。
[④] 阿格里科拉（Georgius Agricola，1494—1555），原名为格奥尔格·帕韦尔（Georg Pawer），德国学者，被誉为"矿物学之父"。
[⑤] 格斯纳（Conrad Gesner，1516—1565），瑞士博物学家、目录学家。
[⑥] 雅克·加法雷尔（Jacques Gaffarel，1601—1681），法国东方神秘主义者。
[⑦] 帕拉塞尔苏斯（Paracelsus，1493—1541），瑞士医生、化学家、炼金术师、神秘思想家。

第五章中论述了 gamahé 这种不可思议的石头。gamahé 是帕拉塞尔苏斯的《明智的哲学》第一部第六章中出现过的名称,据作者说这是天的精灵自己刻的石头,可以像贮藏瓶一样储存天体的力量和效能,是一种灵石。医生可以将它储存的力量注入患者体内,从而简单地治疗患者。不仅是身体上的疾病,连被恶魔附身、不信神等精神疾病也可以治愈。也就是说它是一种护符,加法雷尔将其与"有图案的玛瑙"视为一类物品。对宝石护符的信仰起源于古代亚历山大里亚的诺斯替主义,它与中世纪石谱的传承相结合,在帕拉塞尔苏斯所处的时代非常流行。就连佛罗伦萨的费奇诺[①]也认为物体可以收集普遍的灵魂的一部分,可以说当时魔法式思考盛行的程度令我们惊讶。

依据当时自然哲学式的思考方式,石头和矿物是活着的,会在地下成长、生病,甚至衰老死亡。因此它既受到星星的影响,也受到周围土壤的影响。"黄金在土中像松露一样成熟,但是达到完全成熟需要数千年。矿物学者将身心都献给了地下生活,对于他们来说,比起在河底发现的黄金,在深坑中的黄金更有价值。"这是巴什拉在《大地与意志的梦》中写下的片段。就连对炼金术持怀

---

① 费奇诺(Marsilio Ficino,1433—1499),意大利人文主义者、神学者、哲学家。他在美第奇家族的保护下,将柏拉图的希腊语著作翻译为拉丁语。

疑态度的贝尔纳·帕利西①也相信，矿物像生长在地上的果实一样可以成熟，完全成熟后会变成美丽的颜色。帕拉塞尔苏斯认为，长期埋在土中的异教徒的古钱币会渐渐变成石头，如果不将它放在适合金属生长的、恰好的矿物环境中，它的性质就会恶化。加法雷尔的 gamahé 也一样，它会与星星感应，吸收星星投下的光线成长，是活着的灵石。

"有图案的石头"几乎全部被十六及十七世纪的两位大博物学者记述并分类。其中一人是博洛尼亚大学教授、意大利人乌利塞·阿尔德罗万迪②，另一人是我曾多次介绍的阿塔纳修斯·基歇尔③，他出生于瑞士，是耶稣会成员兼罗马大学教授。

阿尔德罗万迪的矿物学著作《金属的博物馆》(1648年)，是在其去世后经由安布罗西努斯（Bartholomaeus Ambrosinus）的校订增补方才出版的。书中不仅提到了中世纪和近代学者言及的许多"有图案的石头"，还补充了新发现的例子。例如在威尼斯，大阿尔伯特已经在其书中介绍了"戴着王冠的王"，加法雷尔在书中介绍了"钉

---

① 贝尔纳·帕利西（Bernard Palissy，1510—约1590），文艺复兴时期的法国陶工。
② 乌利塞·阿尔德罗万迪（Ulisse Aldrovandi，1522—1605），文艺复兴时期的博物学家、科学家。
③ 阿塔纳修斯·基歇尔（Athanasius Kircher，1602—1680），耶稣会神父、学者，被称为"文艺复兴时期的最后一人"，在许多领域有研究，对知识传播有重要影响。

上十字架的基督"等形状的石头。此外还有"森林中的人""鸟""鱼"等形态的石头。巴尔特鲁沙伊蒂斯在其著作《错觉》中逐一列举了这些例子,由于其叙述过于繁琐,在此不再赘述。总的来说,他网罗了在欧洲各地发现的、形状似物非物的石头的例子,毫无疏漏。而且这些石头与"皮洛士王的宝石"不一样,有大理石和近似大理石的硅石和碧玉等等。"佛罗伦萨大理石"是托斯卡纳地区的特产,其中有许多纹路看上去像废墟风景的珍稀种类,当时的石头爱好者似乎非常了解这一事实。

阿尔德罗万迪是畸形学的专家,在畸形学领域有许多著作。与十六世纪的几乎所有博物学书籍一样,他著作中的大量插图满是对奇怪的空想人类和动物等的表现。这本

图1 有图案的石头 引用自阿尔德罗万迪的著作

《金属的博物馆》也有插图,比起文章,插图更有趣。正如我在前文提到的,这些插画富含空想概念,并且,作者还会为此有意牺牲掉一部分客观的真实性。例如在"青花鱼形状的大理石"这个条目中,可以看到两条细长的鱼,头与尾朝相反的方向,简直像黄道带符号一样排列着。顺带一提,这位爱好空想的博物学者有一个绰号,叫作"大自然的插画师"。

阿塔纳修斯·基歇尔受到了这位前辈学者的成就以及博洛尼亚大学博物馆的极大刺激,因此开始构建自己的博物学体系。他是比先代学者更疯狂的空想家,而且对自然充满无限的好奇心,是令人惊叹的十七世纪的百科全书家。1664年于阿姆斯特丹刊行的《地下世界》不仅是一本搜集了到那时为止的大量资料的集大成之作,而且这本书的特点在于提出了一种广义的宇宙起源论。基歇尔在其中以独特的笔触描绘了地球截面图,这张图中可以看到,地壳内部燃烧的火焰通过像细细的运河一样的大量裂缝变成火山,喷出地表。这张图表明,无论是矿物还是金属,都由这燃烧的地壳内部自然产生。地球是一个有机体,大自然则像人类一样思考并行动。这本《地下世界》在第八部第一章中提起了"矿物学",作者在这里详细地论述了"有图案的石头"和"有图案的宝石"以及它们的产地和出现原因。

基歇尔的记录是系统性的,他首先以图案的主题将石

图2 有图案的石头 引用自阿塔纳修斯·基歇尔的著作

头分类，即几何学形象、文字、天空的幻影（星形、新月形、太阳形）、地上世界（风景、植物、都市）、动物（鸟类、四足兽类、人类），以及宗教形象（基督、圣母子、施洗者约翰、圣杰罗姆）等主题。基歇尔随即说明了形成"有图案的石头"的四种作用，即"偶然""土地作为母胎促进石化的作用""将相似形态固定下来的磁力作用"和"神圣的天的作用"。

依据基歇尔的说明，植物和石头都由土地产生，它们的本质是混合在一起的。苔藓类侵入矿石内部，变成像

图3 地球的截面图 阿塔纳修斯·基歇尔《地下世界》

石头一样的草和果实；灌木则会在水晶和大理石的内部开花。某种形成动物图案的石头被称为化石，但是完整的化石就像电镀一样，由磁力作用在适合化石生长的土地和物质内部缓慢形成。形成圣像的原理与之相同。例如忘在土里的祭祀用具和十字架，在一定时间后，会在土中留下痕迹。倘若有物体被夹在两块大理石板之间埋进土里，那么这个物体的形状最终会渗透到大理石的内部。但是如果没有神的恩惠，这些直接原因就不会导致好的结果出现，因为给自然界带来奇迹效果的是神的恩惠。石头中出现图案与天上出现新的星星、地上出现畸形人完全一样，都是神的力量支配之下的结果。直到最后，基歇尔仍完全保持了如上这种神秘主义者的姿态。

在十六及十七世纪，"佛罗伦萨大理石"是一种高价商品，从意大利远销欧洲各地。奥格斯堡的收集家菲利普·海因霍费尔（Philipp Hainhofer）制作了大量镶嵌"有图案的大理石"的豪华家具。这些家具后来进入了波美拉尼亚公爵菲利普二世、瑞典国王古斯塔夫·阿道夫的宫殿。可以很容易地想象，在当时的巴洛克氛围中，这些家具成了一种无比精致、受贵族喜爱的艺术品。据生于布鲁日的御医安塞尔默斯·伯丘斯·德博特（Anselmus Boëtius de Boodt，著有《宝石史》）说，就连崇尚风格主义的皇帝布拉格的鲁道夫二世也拥有用极为豪华的"佛罗伦萨大理石"做成的壁橱。大理石上浮现出沼泽、森林、云与河流的图案，怎么看都不像石头，而像绘画。

有趣的是，画家们将这种"佛罗伦萨大理石"作为一种素材，在上面描绘人物、树木和动物，将其制作成一张完整的画。从小玛瑙制作的圆形纪念章到大理石板，都是这些画家加工的对象。画家将它们补笔制成画作，其中有不少留存至今。实际上，看看玛瑙表面出现的类似螺旋和云的图案，可以联想到马克斯·恩斯特和奥斯卡·多明格斯（Óscar Domínguez）等人的超现实主义临拓法（Décalcomanie）。从雪花石膏的乳白色花纹间，仿佛可以看到诗人威廉·布莱克笔下的天使。现在，意大利那不勒斯的国家美术馆①里保存着一张安东尼奥·卡拉奇（Antonio Carracci）的圣画，这幅画作成功地利用了雪花石膏的云雾状花纹，令天使在云雾之中飞翔，表现出受胎告知的一幕，以及圣母子像的神秘气氛。

*

木内石亭是江户时代有名的石头收集家，他在石谱（拉丁语是 lapidarius）《云根志》的自序中写道，"我从小就有珍藏玩赏玉石的癖好，现在已经'爱'入膏肓"，但是喜欢品玩石头究竟属于哪种精神倾向呢？

诺瓦利斯②的老师是支持岩石水成论③的矿物学者亚伯拉罕·戈特洛布·维尔纳④。他也是一个自幼喜欢石头的人，甚至将大量的石头标本当成身边的家人一样爱护。荣格曾在引人深思的《自传》中怀念地提到，少年时代的自己"在莱茵河畔捡到了一块光滑的、长椭圆形的黑色石头，并用颜料将它的上下两半涂成不一样的颜色。在很长一段时间里，都将这块石头放在裤子口袋里随身携带"。

---

① 指位于那不勒斯的国立卡波迪蒙特博物馆。
② 诺瓦利斯（Novalis，1772—1801），德国浪漫主义诗人、小说家及思想家，也是一名矿山技师。
③ 水成论，地质学基本理论之一，水成论认为水对地表的改变起决定因素。
④ 亚伯拉罕·戈特洛布·维尔纳（Abraham Gottlob Werner，1749—1817），德国地质学家，1775 年起任弗莱贝格矿业学院的矿物学教授。

对于荣格而言，石头"拥有不知根底的神秘"，他通过将永存不灭的石头与自己同一化，使自己焦躁的心情得到平静。如果是艾里希·弗洛姆[①]这类心理学家，也许会认为荣格这种对石头一以贯之的依恋只是在证明他的一种不祥的"死亡愿望"；但是就我而言，我不想选择这样的观点。我更认同荣格-巴什拉式的观点——以相同形象的两种时间来解释母胎与石棺，将"安息愿望"和"死亡愿望"统一。属于大地的石头，也许首先是回归源泉的符号。而且不论东西方，将神和灵具象化于石头的例子不胜枚举。

荣格在《心理类型》中提到"被认为是位于众神诞生之地的石头（例如密特拉生于石中），与'神灵出生于石头'这类原始传说相关"，这与折口信夫的观点——"作为神的容器的石头"（《灵魂的故事》）完全相同。而且荣格认为"石头与树木和人类一样是炼金术的核心符号，它包含着最初和最后的物质这两种意义，在炼金术中有重要作用"。

镰仓时代的学僧明惠在位于纪州汤浅的白上峰修行。从白上峰可以俯瞰海中的两个小岛，即鹰岛和苅藻岛。明惠在一生中，总将在这两座岛上捡到的两块小圆石头放在身边把玩。这两块小圆石头至今保存在与明惠缘分极深的、位于栂尾的高山寺中。苅藻岛的石头带着美丽的绿

[①] 艾里希·弗洛姆（Erich Fromm，1900—1980），美籍德国犹太人，人本主义哲学家和精神分析心理学家。

色，好似天竺的苏婆卒河，于是被命名为苏婆石。另一块鹰岛的石头是黑色带白色线条的鹅卵石。每一块的大小都能够恰好被握在掌中，令人想到明惠对自然的爱好。第一位在栂尾种植从宋朝渡来日本的茶叶种子的人就是明惠，我不由得认为他与在修道院的庭院种植药草的欧洲学僧们在精神上有着共通的倾向。

在这里必须提到从精神层面爱好石头和矿物的德国浪漫派。这么说来，他们是沿着文艺复兴泛神论的传统回归源头的人，也就是歌德说的总梦想着回到"母亲们"的国度的那些人。海因里希·冯·奥夫特丁根[1]在矿工的带领下进入矿山底层；霍夫曼[2]的短篇小说《法伦矿山》其实也完全可以理解为一个母胎与石棺同一化的神话。在蒂克[3]的《吕嫩伯格》中，主人公因岩石和矿山的魅力而抛弃家庭，像被附身一样进入山中。这一传统甚至与坦白"自己的内心中有过多北方特质"的安德烈·布勒东的超现实主义相关。布勒东在《石头的语言》这篇优美的随笔中以怜爱的笔触描写了被石头的魅力迷惑、离不开石头的人们。这些人中正有我在本篇随笔中提到过的与"有图案

---

[1] 海因里希·冯·奥夫特丁根（Heinrich von Ofterdingen），传说中的中世纪德语诗人。诺瓦利斯以其形象创作了小说《海因希·冯·奥夫特丁根》（又译《蓝花》）。
[2] 霍夫曼（E. T. A. Hoffmann，1776—1822），德国浪漫主义作家、作曲家、音乐评论家、画家、法学家。
[3] 蒂克（Ludwig Tieck，1773—1853），德国诗人、翻译家、编辑、小说家、作家及评论家，浪漫主义运动发起人之一。

的石头"相关的奇特的博物学者和矿物学者。

圣希尔德加德·冯·宾根[①]认为,人如果口中含着钻石就不会说谎,也能轻易地实现断食。石头本身拥有的美已经靠自身达到顶峰,这种美完全没有人们插手增添的必要。比起艺术作品带来的感动,这种美一定与很久很久以前直击人心的原始喜悦相近。说来确实如此,石头不是艺术作品。石头并不是艺术的对象,而恐怕是魔法的对象。石头生出了各种形态的传说,传说又与形而上学直接关联。

*

请允许我在这里再次引用老普林尼(第三十六卷第三十九章):

> 在鹫巢中,有一种被称为"鹫石"的东西。无论何时都必须有两颗鹫石,一个是雄的,一个是雌的。如果没有它,鹫就无法繁殖。雌石又小又脆,它的内部宛如子宫,充满白色黏土。雄石很坚硬,像栎瘿一样,其内部含有一块比它更坚硬的石头。塞浦路

[①] 圣希尔德加德·冯·宾根(Hildegard von Bingen, 1098—1179),中世纪德国神学家、作曲家及作家,也是天主教圣人与教会圣师。她是女修道院院长及修院领袖,被称为"莱茵河的女先知"。

斯岛的鹫石更平，里面有混着小石头的砂子。（后略）

鹫石是什么？关于这一点，与其一味地翻找手头的文献，不如先来看看南方熊楠①的《鹫石考》。熊楠引用了大英百科全书，写道："它的纯正品是褐铁矿块，中空，内含沙砾。若触碰便发出'嘎啦嘎啦'的响声。"而且熊楠虽然没有找到欧洲之外与鹫相关的传说，但是他说在日本和中国自古以来就产出和鹫石一样的东西，并引用了小野兰山著《本草纲目启蒙》中提到的"禹余粮""太一余粮""石中黄子""卵石黄"等名字。"禹余粮"似乎从江户时代开始在日本就是尽人皆知的名字，在《和汉三才图会》、石亭的《云根志》和平贺源内的《物类品鹭》中也出现了。我想在此引用我目之所及范围内最有趣的文章，也就是江户时代的风流人物柳泽淇园所著随笔《独眠》的第一百三十四章：

> 我以前拜访某大人物家时，看见地上有一个石质花瓶。此石由白、黑、红、黄等色的石头接合在一起构成，中间有一个洞，主人将它当作花瓶。我仔细看它，心想这是本草书中记载的禹余粮啊。我心想一定要弄明白，就问那位主人："这石头从哪

---

① 南方熊楠（1867—1941），日本博物学家、生物学家、民俗学家。

里来?"主人回答说:"这是生驹山出产的石头,可以在那里买到。石头里面有黄色的水,而且有不少。那里还有里面像面粉一样的石头。为了给它开洞,我用草药加热它,之后用锥子慢慢凿开。"因此我想这一定就是禹余粮了,但是《大和本草》(贝原益轩著)等书籍中并没有生驹山出产禹余粮的记载。因此我想贝原益轩肯定是不知道它,便去宝山寺询问明堂比丘,据这位尼姑说,她也不知道这是禹余粮还是别的什么东西,但是这石头确实产自生驹山。在下过大雨后四处寻找收集,能够找到十几、二十块。这座山里的人并不称其为"禹余粮",而称为"行基皿"①。因此我请求明堂比丘为我拿来一两块,我得以确信这是禹余粮。因为连中国都没有这禹余粮,所以我将这珍奇的东西仔细收藏了。

"禹余粮"据说是夏朝的禹和太一吃剩下的谷粉化成的石头,其名由此而来。恐怕那时日本的本草学者争相阅读宋朝人杜绾所著的《云林石谱》、明朝人李时珍的《本草纲目》等,因此传来了这个名字。它的日本名字有"石团子""麦粉石""麦粉石头""有子石"等。诚如淇园所见,这确实是内部有洞的石头,人们有将里面的粉或者石

---

① 疑与平安时代至镰仓时代制造的"行基烧"的"行基皿"相似,故得此名。

头扔掉后，把小的用作砚台、大的用作花瓶的习惯。即便如此，淇园机缘巧合得到了它，像个小孩一样对它爱不释手，他果然是被石头的魅力所蛊惑的人之一吧。可是对我而言，鹫石或曰禹余粮的最大魅力在于内部中空，仅此而已。

不过，内部中空的石头不一定就是鹫石或者禹余粮。接下来引用的内容是罗歇·凯卢瓦的《石头》（他写过两本关于石头的书！）的节选：

> 将大块的玛瑙捧在手中时，有时会想它为什么这么轻。随之发现，它的内部有空洞，而且里面有水。将它贴近耳畔摇晃，有很小的概率可以听到液体撞击内壁的声音。里面确实有水，它从地球的摇篮期开始便一直被封在石头做的监狱里。我不由得想看看这远古时代的水。

为了看到这些水，要将粗粝的玛瑙原石仔细地慢慢打磨，直到能够通过半透明的石壁看到里面有黑色的水在晃动。即便如此也不算亲眼看到了水吧。凯卢瓦将其称为"水形成之前的液体"，确实如此，这里的水不知道地球发展的历史，也不知道地面与天空之间的水循环，只是在矿物固结的过程中不小心掉进了空洞里，再也没能出去。它简直就像童话故事中的"高塔里的公主"，也就是"处女之水"吧。只是由于异常的压力，水才保持着液体状态，如果玛瑙产生一点点龟裂，它就会面临立刻蒸发的命运。

但是从玛瑙之中封存着悲惨之水的这样一个故事，我不由得立刻联想到柳田国男在《日本昔话》中提到的"长崎的鱼石"。当然，鱼石不是现实中存在的东西，据说"将它慢慢地打磨好后放入浅水里，就可以看到水光穿透它，两条金鱼在其中游弋的光景，这是这世上独一无二的美景"。美丽的球体形象是这个故事的中心，这也许与内部有空洞的石头具有性质完全相合的魅力。（原本这"长崎的鱼石"，就像南方熊楠在给岩田准一[①]的信中讽刺地提起的一样，并非如同柳田国男所言是日本独有的传说。之前提到的木内石亭的《云根志》和宋代的《云林石谱》已经以"生鱼石"为名记录过它。）

在这里，我要再次以巴什拉的考察作为依据——"内面性和膨胀的辩证法""大与小的辩证法"正是解开"有空洞的石头"魅力之所在的钥匙。耶罗尼米斯·博斯[②]的《人间乐园》中央画板中，有一对被禁闭在玻璃状半透明球体中的裸体男女，我曾经无比兴致勃勃地看过这幅画。现在想来，这也是相同的辩证法所引发的一场

[①] 岩田准一（1900—1945），日本画家、民俗学家。
[②] 耶罗尼米斯·博斯（Jheronimus Bosch，约 1450—1516），极具独创性的北部欧洲画家，出生于尼德兰。其肖像作品展现出一种不同寻常的复杂的个人风格。

诱惑。"重要的是,内部的所有丰富内容,将凝缩着它的内部空间变得无限广阔。梦钻进了它的内部,被逆反的极乐与至高的幸福包围,渐渐扩展开来。"(《大地与休息的梦》)

柏拉图立体

プラトン立体

MELENCOLIA I

柏拉图晚年的著作《蒂迈欧篇》，主旨与这位哲学家为世人所知的多数对话录有些不同，因为其中包含许多有关自然的神秘乃至空想的叙述，所以很久以前就有人认为本篇抄袭了毕达哥拉斯学派的哲学。

因为在柏拉图的一生中，他几乎从未对具体的自然现象表达过兴趣，所以像《蒂迈欧篇》这样一部类似博物志的著作，在他的所有作品中十分少见。但是后世的神秘哲学家和炼金术师最常引用的就是《蒂迈欧篇》，我也常常在《蒂迈欧篇》中找到一些最有趣的记述。它真可以说是一部不可思议的书，书中甚至仔细记述了一些实验科学的事实，十分有趣。例如：一般而言镜子会映出左右逆转的图像，但是中央下陷的凹面镜映出的图像却没有逆转。关于柏拉图立体的记述也被收录在这篇异色的著作中。

柏拉图立体，换个说法就是正多面体。也就是说它的每一个面都是正多边形，每一个顶点连接着相同数量的平面，是一个凸多面体。我们生活其中的三维空间并不存在无限多的正多面体，其可能性只局限于五种类型之内。分别是正四面体（金字塔形）、正六面体（立方体）、正八面体、正十二面体和正二十面体这五种，每一种都有外接球和内切球。

之所以会对柏拉图立体产生特殊的兴趣，其实是因为我几年前翻译了法国作家安德烈·皮耶尔·德·芒迪亚格[①]的小说《大理石》。在这篇奇妙的小说中，主人公在一座漂浮于意大利某湖泊中的无人岛上，发现了耸立于柏树围绕的空地之上的五尊美丽的柏拉图立体的雕像，它们在月光下染上金黄色的光辉，像玻璃块一样透明。

毫无疑问，希腊人的几何学精神正是受到了这些形体的简洁美和完全对称的吸引。我会在后文提到，柏拉图是柏拉图学院的校长，他为这些形体赋予了几近神圣的性质。在结晶的世界里，随意的曲线和任性皆被驱逐，只靠直线构成是它的法则。艺术史家勒内·于热[②]将其称为"经济的法则"，确实，这五个柏拉图立体中最简单的是正四面体，我可以大胆地说，自然的经济观念就凝结在其

[①] 安德烈·皮耶尔·德·芒迪亚格（André Pieyre de Mandiargues, 1909—1991），法国作家。代表作有《闲暇》《黑色摩托》《玫瑰送终》等。
[②] 勒内·于热（René Huyghe, 1906—1997），法国艺术史家、随笔作家，曾为法兰西学术院成员。

图 4　五个正多面体

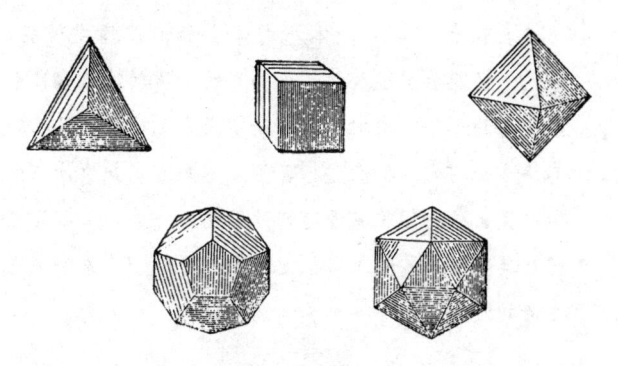

中。球体能够以固定表面积达到最大容积，四面体正好与之相反，是最小容积。也就是说，球体带有膨胀的意味，四面体带有凝缩的意味。

在五种柏拉图立体中，我们最容易想象前三种。但是由十二个正五边形构成的正十二面体，以及由二十个正三角形构成的正二十面体，我们很难在日常生活空间中发现。它们究竟是由几何学者的纯粹思考而推导得出的，还是由技术人员的经验得出的呢？自然界中有模型吗？——关于这个挑拨我好奇心的问题，我想先引用《暴力论》的作者乔治·索雷尔[①]笔下的段落：

---

① 乔治·索雷尔（Georges Sorel，1847—1922），法国哲学家、社会理论家。

我认为，正多面体是由珠宝加工技师发现的。他们恐怕想要通过智慧，为高贵的物质制作出心目中最完整的形态。在他们进行暗中摸索之前，明显已经有许多几何学者们做过推理了。不知道究竟为什么一定要提出这种困难且没有好处的问题。总之，欧几里得在其书①中第十三章也提过这个问题。(《关于实用主义的作用》)

索雷尔的这番意见与自古以来《苏达辞书》②的看法不同，而且与现在的柏拉图学者的见解也完全相反。现在的学者们认为柏拉图立体，特别是正十二面体的作图方法，是由柏拉图学院的数学家泰阿泰德通过纯理论证明发现的。它绝对不是索雷尔想象的那样由技术者的经验应用中产生的。柏拉图立体，就像它的名字一样，来自理念的世界！

但是在一般的传说里，五边正十二面体似乎是由南意大利的希腊殖民地，也就是大希腊地区的思想家发现的。西西里岛的火山地带盛产黄铁矿，这种冰冷的、带金属光泽的硫化物结晶，有时会形成接近正十二面体的形态，据

---

① 指《几何原本》。第十三章研究正多面体的作图，并证明了并不存在更多的正多面体。
② 《苏达辞书》(*Suda* 或 *Sūidās*)，十世纪由拜占庭学者编纂的百科全书，以希腊文写成，收录30000个词条。

说他们正是从中得到了启发。

这与之前所说的理念论完全相反，它认为自然界包含着所有人类想象得出的物体的原型。这个观点确实有趣，但是严密思考一下就会发现，形成正十二面体的五边形与晶体学的原理是互相矛盾的。结晶的构造十分紧实，不可能有五边形这种不稳定的形状。实际上，在黄铁矿结晶所形成的正十二面体五边形中，只有四条边的长度相同，最后一条长度不一样，是不规则的五边形。

现代人已经发明出了显微镜和电子显微镜，并且在自然界中找到了柏拉图立体的原型，我们就不用辛苦了。恩斯特·海克尔[1]是达尔文主义的信徒，他在有名的《挑战者号远征报告》[2]中发表了四千余种美丽的放射虫骨骼图，其中就有展示规则的八面体、二十面体和十二面体的图片。

看看图片，这些原始动物的细胞构成了对称的石壳造型，简直就像蕾丝装饰一样纤细、像西班牙银饰一样精致，观赏它们就像欣赏自然的美丽艺术作品。人类制造出的器具和工艺品的设计原型，其实早在几亿年前就由造物

---

[1] 恩斯特·海克尔（Ernst Haeckel，1834—1919），德国生物学家、哲学家。
[2] 全称为《挑战者号进行探索性航海科学结论的报告》(*Report of the Scientific Results of the Exploring Voyage of H.M.S. Challenger*)。在1872年至1876年间，苏格兰博物学家查尔斯·威维尔·汤姆森（Charles Wyville Thomson）从英国皇家海军处借得英国舰队挑战者号，并实施了一次科学考察活动。报告列出了四千余种前所未见的物种。

主创造并悄悄地隐藏在自然之中了，不是吗？我被这种神秘的感动所震撼。比起内在论，这种感动也许更接近泛神论吧。而且在最近，人们发现某种病毒也有正四面体、正十二面体结构。

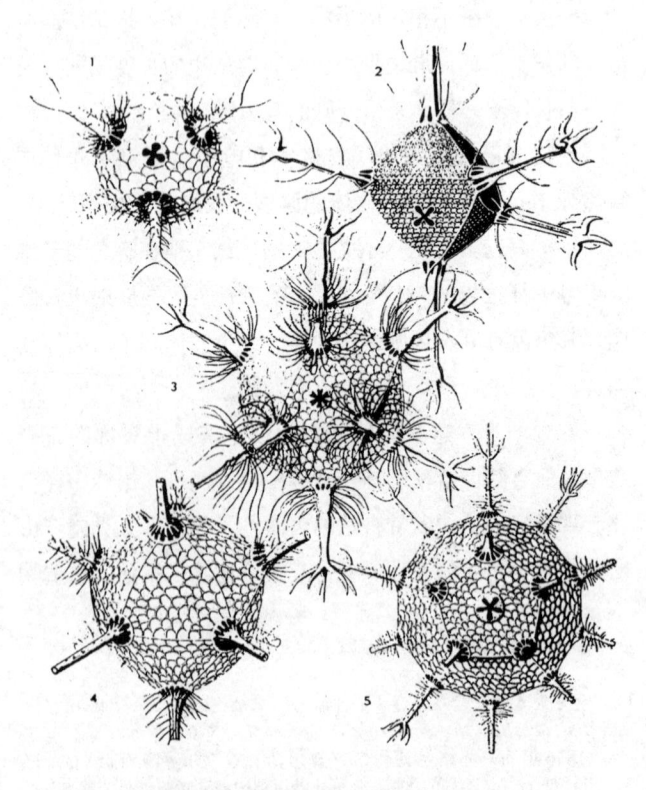

图 5　放射虫的硅石壳　恩斯特·海克尔

让我们回到柏拉图的故事。

柏拉图学院的校长无比重视当时首屈一指的数学家泰阿泰德在立体几何学领域的发现,他为了在《蒂迈欧篇》中构筑宇宙论,巧妙地利用了这些发现。

也就是说,他将构成宇宙的四大元素与四种正多面体相对应,认为火来自正四面体,空气来自正八面体,水来自正二十面体,土来自立方体。他将剩下的正十二面体赋予最神圣的宇宙形成的创造者。但是就柏拉图自身而言,其实他似乎想将完全的宇宙视为一个球体。对现在的我们来说,这些说明有些牵强吧。总之,希腊人依据他们最喜欢的几何学原理,为无序的宇宙创立秩序,并且进行了详尽的说明。柏拉图曾写道:"还有第五种构造,神为了描绘万有的穷极的配置而使用它。"

在此我要再次提起刚才说到的黄铁矿。我想介绍柏拉图研究者皮埃尔-马克西姆·舒尔[①]在《想象力与惊异》中提出的有趣看法。这位爱好臆想、风格独特的索邦大学教授经常引用巴什拉,依据他的想象,柏拉图的老友——生于尼多斯的欧多克索斯[②]从埃及旅行回来后,将不少珍稀

---

① 皮埃尔-马克西姆·舒尔(Pierre-Maxime Schuhl,1902—1984),法国哲学家。
② 欧多克索斯(Eudoxus of Cnidus,约前408—约前355),古希腊天文学家、数学家。

的东西带回雅典，赠送给柏拉图学院，也许其中就有美丽的矿物结晶收藏品吧。

原来如此。欧多克索斯以发明日晷而为人所知，但他不仅对数学和天文学感兴趣，我们也完全可以猜想到，他同样无比热爱博物志式的自然。柏拉图恐怕是在完美展示出几何学形态的矿物结晶中，看到了造物主构思出的、分有[1]理念的物体的模仿像。现实只会展现出歪曲的形象，泰阿泰德发现的几何学模型原模原样地出现在现实的假象中。我们不难想象他有多么感动。

柏拉图哲学在中世纪曾被崇拜亚里士多德的经院哲学家们驱逐，但是到了文艺复兴时期又得以华丽复活，柏拉图立体随之被赋予独特的美学价值或是魔法价值。

柏拉图巧妙地利用五种立体解释了世界的构造，在十六世纪末期，轮到天文学者梦想着利用这些立体了。约翰内斯·开普勒[2]是近代科学的创立者之一，他终其一生从未背弃占星学的魔法式信仰。开普勒的日心说以毕达哥拉斯式的、柏拉图式的神学为基础，这一点在沃尔夫冈·泡利[3]与荣格共著的《自然解释与心》的第二部中有详细说明。

---

[1] 分有（Participation），柏拉图的理论中的核心观念之一，指现实世界的事物是对理念领域中的理念原型的模仿。
[2] 约翰内斯·开普勒（Johannes Kepler，1571—1630），德国天文学家、数学家，以开普勒定律广为人知。
[3] 沃尔夫冈·泡利（Wolfgang Pauli，1900—1958），奥地利理论物理学家、量子力学先驱之一。

在1595年，二十四岁的青年开普勒脑中闪过一个从天而降的妙想——用柏拉图立体解释六颗行星之间的距离，这想法真是古怪至极。在三维空间中，正多面体的数量与太阳系行星之间的间隔数完全一致。这一致肯定不是偶然。试试看，画下五种立体各自的外接球和内切球，按照由大到小排序，在每一个球中嵌入下一个立体。也就是说，从外侧最大的立方体开始，按照正四面体、正十二面体、正二十面体、正八面体这个顺序排列，立方体的外接球是土星的轨道，内切球（同时是正四面体的外接球）是木星的轨道、正四面体的内切球（也是正十二面体的外接球）是火星的轨道……行星距离就是这么确定下来的。开普勒在他的第一本著作《宇宙的神秘》里详细地介绍了这一方法和理论。

地球的轨道是其他所有行星轨道的基准。为地球的运行轨道做一个外切正十二面体，这个正十二面体的外接球就是火星的轨道。为火星的轨道做外切正四面体，其外接球就是木星的轨道。为木星的轨道做外切正六面体，其外接球就是土星的轨道。那么，如果在地球轨道的内侧放置一个正二十面体，其内切球就是金星的轨道。在金星轨道的内侧放置一个正八面体，它的内切球就是水星的轨道。如此这般，便可以得到关于行星数量的基本原理。

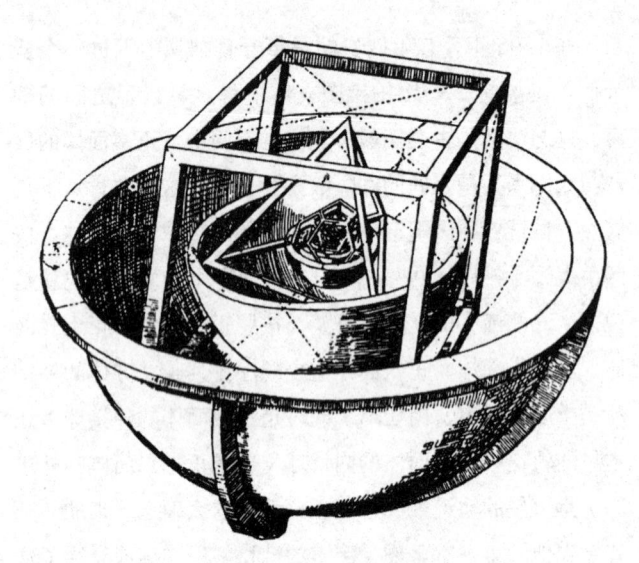

图 6　开普勒的宇宙模型

不用说，在开普勒的时代，人们还没有发现天王星、海王星和冥王星。所以这位固执的天文学家是十分幸运的，因为他到离世为止一直坚信有六个行星。

开普勒如此得出的行星间的距离与实际观测的结果一样吗？六个行星之间真的刚好有五个柏拉图立体，并且有足够的空间让它刚好嵌入吗？答案当然是否定的。虽然火星、地球和金星的计算结果十分接近实际数值，但是并不适用于其他行星。对于开普勒而言，被完美和弦支配的天体的"毕达哥拉斯式和谐"比什么都重要，所以光是发现五种立体的排列方式，就已经令他十分满足。他让银匠用银和宝石制作了自己发现的宇宙模型，甚至想要将它献给符腾堡大公弗里德里希。开普勒与基歇尔和阿尔钦博托[①]是同一时代的人，也就是说他们都是风格主义时代的人。

在十六世纪初到后半期，卢卡·帕乔利[②]的《神圣比例》、让·古尚[③]的《透视法之书》等几何学理论书籍相继出版。此时德国的文策尔·雅姆尼策[④]、洛伦茨·斯特尔[⑤]等画家出现，他们绘制完全没有含义、毫无实用性的画，这些画只描绘用多面体和球体构成的几何学的世界。《风格主义绘画》的作者雅克·布斯凯[⑥]，将这些人制作的呈现奇妙对称的、错综复杂的幻想装置称为"某种博尔赫斯风格的神秘东西"，确实如此。

在丢勒创作的著名铜版画《忧郁I》(*Melencolia I*)中，描绘了一位长着翅膀的"忧郁女性"，她右手握着指南针，左手托着脸，露出茫然自失的表情，紧盯着一个形

---

① 阿尔钦博托（Giuseppe Arcimboldo，1527—1593），意大利肖像画家，作品特点是用水果蔬菜等构成人像。
② 卢卡·帕乔利（Luca Pacioli，1445—1517），意大利数学家，被誉为"近代会计学之父"。
③ 让·古尚（Jean Cousin the Elder，1490—1560或1561），法国画家、雕刻家、几何学家。其子小古尚亦为画家。
④ 文策尔·雅姆尼策（Wenzel Jamnitzer，1507或1508—1585），北方风格主义金属工匠、版画家。
⑤ 洛伦茨·斯特尔（Lorenz Stöer，1537—1621），德国画家、版画家。
⑥ 雅克·布斯凯（Jacques Bousquet，1923—2019），意大利艺术史家。《风格主义绘画》（*La peinture maniériste*）一书出版于1964年。

状不规则的巨大多面体，可以看出那是切割并打磨过的石材。说到当时除丢勒之外，其他著名画家绘制的包含多面体的作品，我就必须提起小汉斯·霍尔拜因①的《大使们》（现藏于英国伦敦的国家美术馆）与《天文学家尼古拉斯·克拉策的肖像》（现藏于卢浮宫）了。这两幅画里都有天文仪器，而且还有表面雕刻着大量花纹的奇妙的十面体，这一点观赏者们应该会注意到吧。

*

柏拉图立体曾作为炼金术的象征，用于日晷的设计。关于这一点，菲尔卡内利②所著《贤者之屋》（1930年）的第二卷内容"爱丁堡荷里路德宫的日晷"可以作为参考。

据推测，菲尔卡内利可能死于1932年，他是二十世纪最博学的法国炼金术研究者，至今没人知道他究竟是谁，可以说他是个充满谜团的人。他有两本著作，除刚才提到的《贤者之屋》，还有一本写于该作四年前的首作《大教堂之谜》。菲尔卡内利这个富有古意大利风情的名字

---

① 小汉斯·霍尔拜因（Hans Holbein der Jünger，1497 或 1498—1543），德国画家、版画家，北方文艺复兴艺术家。
② 菲尔卡内利（Fulcanelli），法国炼金术研究者，真名不详，活跃于二十世纪二十年代。一说《贤者之屋》（*Les Demeures Philosophales*）出版于1929年。

当然是笔名。据说他可能是 J.-H. 罗尼[①] 兄弟作家中的哥哥，也有可能是唯一自称是菲尔卡内利弟子的欧仁·康塞利耶特[②]，还有可能是为这两本书绘制插画的"赫利奥波利斯同胞会"这个秘教团体的创始人朱利安·尚帕涅[③]，不过，真相至今仍是一个谜。

让我们的话题回到应用柏拉图立体的日晷吧。

苏格兰古都爱丁堡的荷里路德宫与玛丽·斯图亚特的悲剧回忆有关，在宫廷深处的庭院里有一座形状奇特的建造物。菲尔卡内利写道："这与其说是建造物，更像是一个放在底座上的结晶，像一个宝石。这个巨大的矿物标本，比起放在禁止普通人进入的庭院，其实更适合放在矿物学博物馆。"

这座建造物是在 1633 年，由英国国王查理一世命令宫廷石匠中的工长约翰·米尔恩（John Mylne）与另一位石匠约翰·巴托共同建造的。石材被切割为正二十面体，是一座几何学式的日晷；每个面上有半球状的凹

[①] J.-H. 罗尼（J.-H. Rosny）是出生于比利时布鲁塞尔的兄弟约瑟夫·亨利·奥诺雷·伯克斯（Joseph Henri Honoré Boex，1856—1940）与塞拉芬·朱斯坦·弗朗索瓦·伯克斯（Séraphin Justin François Boex，1859—1948）的共用笔名，他们创作了一系列关于自然、史前时代和幻想题材的短篇小说。
[②] 欧仁·康塞利耶特（Eugène Canseliet，1899—1982），法国作家、炼金术师。
[③] 朱利安·尚帕涅（Jean-Julien Hubert Champagne，1877—1932），法国画家。

图7 爱丁堡的正二十面体日晷

陷，里面雕刻着示影针和各种装饰。底座以一根柱子支撑着这个多面体，底座下面还有三层相叠的五边形地基。整体中只有这部分显得很不协调，可能是后人修复的吧。

我们所知的古代日晷多种多样，有由巴比伦的神官贝洛索斯（Berossus）发明的半球式日晷、萨默斯岛的阿里斯塔克斯（Aristarchus of Samos）发明的圆盘式日晷、尼多斯的欧多克索斯发明的"蜘蛛式"日晷、以锡拉库萨的斯科普斯（Scopas）为制作者的柱脚式日晷、帕特洛克罗斯（Patroclus）发明的斧头式日晷，还有阿米苏斯的狄奥尼索多罗斯（Dionysodoros of Amisos）发明的圆锥式日晷等等。但是据菲尔卡内利的判断，爱丁堡的正二十面体日晷与那些日晷的形式完全不一样，其中没有一个是它的原型。然而在希腊，日晷的古称是 Gnomon，词源与 Gnosis（知识）和 Gnome（地精）相同，指的是被隐藏的知识与秘技。从原始含义的角度思考，爱丁堡的日晷究竟象征着什么不言自明。可以说，正二十面体的日晷既是真正的时钟，也是为了接近诺斯替主义的炼金术奥义而造就的秘密钥匙。

Gnome 是帕拉塞尔苏斯依据希腊语的 Gnosis[①]（知识）创造出的词，众所周知，这个词指的是守护地下矿

---

① 此处原文为"グノーメー"，疑误。

物、金属和宝石的妖精。虽然它是丑陋的小人,但是它本性善良,经常为人类立功。深埋在地下的矿物,与哲学家和炼金术师寻求的被隐藏的知识,在某些思想发展的本质方面似有相同之处。

正二十面体在柏拉图的《蒂迈欧篇》中是水元素,在爱丁堡的炼金术式日晷中是未知的结晶,是"智慧之盐",是具象化的精灵或者火焰,也是亲切、喜欢照顾人的地精。总之就是人们进一步认知古代知识时不可或缺的东西。而它以结晶的形态表现这一点是有意义的,这个规则的正二十面体代表的不是物质,也不是物质的性质,而是物质的形式。盐在运动,是中间项,也是使物质结合的媒介,在炼金术中盐与结晶有相同含义。简单来说,它就是"贤者之石"。

*

在备受好评的《偶然与必然》一书的开头部分,分子生物学家雅克·莫诺[1]提出了一个有趣的问题:应当如何区分人造物与自然物?

假如在不远的将来,火星派遣一艘宇宙飞船来到地球,想要解明地球上是否存在拥有主观意识的智慧生物。

---

[1] 雅克·莫诺(Jacques Monod,1910—1976),法国生物学家,曾获诺贝尔生理学或医学奖。

那么火星人应该以什么基准区分主观意识的产物（人造物）与自然物呢？莫诺认为在这种情况下，可以利用两种基准，也就是规则性和重复性进行区分。

  我们可以以规则性为基准判断如下事实：由物理的力作用形成的自然物体肯定不会展现出单纯的几何学构造，例如平面、直线形成的棱、直角、精准的对称性等。另一方面，假设人造物通常显得相似而且不完美，那么恐怕以重复性为基准去判断，会更具决定性。因为，为了同种用途而制造的人造物体一般会无数次重复实现某种计划，所以总的来说，这些人造物体应该会再现其制造者的不变意志。从这一点来看，发现大量相同形状的物体，就是极有意义的一件事了。

接下来，宇宙飞船里走出从火星来的计算机，它开始工作了。它依照规则性和重复性，轻易地分辨出地球上的岩石是自然物，屋子是人造物。接下来，机器开始观察更小的东西，检查几块小石头。假如小石头的旁边有几块石英结晶，那么就算判断小石头是自然物，它仍会做出错误判断，认为石英结晶是人造物。——以上内容是对莫诺著作的总结。当然，假如火星飞船乘着时光机探索雅典的柏拉图学院，当它看到柏拉图立体的时候，肯定会将它当作人造物吧。

莫诺提出的这个值得深思的问题,让我们发现结晶构造其实具备一种反自然的规则性。那么就可以由此得出接下来的结论——结晶就是我们能看到的自然中最反自然的东西。也许正是因此,自古以来许多哲学家、炼金术师、神秘主义者与乌托邦主义者才会将其视为无比贵重的东西。虽说他们热爱自然的程度不亚于其他人,但他们却不由得对自然的形状不定与繁杂产生厌恶,因此他们才选择从现实世界中抽取出那些怎么看都不像自然界产物的纯粹几何学形体,也就是结晶。

众所周知,柏拉图可谓第一位乌托邦主义者,他在《克里底亚篇》中提到过亚特兰蒂斯岛出产的神秘贵金属"山铜"(Oreikhalkos),也许这也是一种结晶吧。弗朗西斯·培根在《新大西岛》中提到本萨雷岛[1]的学者乘坐着用雪松和水晶做的轿子,也许这里的水晶也是乌托邦主义者喜欢结晶的一个例子。不,康帕内拉[2]和瓦伦丁·安德烈埃[3]这些文艺复兴时期的神秘主义式乌托邦主义者曾经利用严谨的几何学创作建筑和规划城市结构,在他们的意识中,这可能是结晶的类推吧。而且我想在这里提一

---

[1] 本萨雷岛(Bensalem),作者在书中虚构的乌托邦。
[2] 即托马索·康帕内拉(Tommaso Campanella,1568—1639),意大利圣职者、哲学家,著有《太阳城》。
[3] 瓦伦丁·安德烈埃(Johann Valentin Andreae,1586—1654),德国作家、神学家。

下，就在最近，科幻作家J. G. 巴拉德[①]在《结晶世界》中创造了美丽的反乌托邦。

结晶正是最反自然的物质，因此它也正是最乌托邦的物质。莫诺的规则性与重复性的特征只能在人造物的有限范围内出现，但是对于结晶而言，只要是地球上的元素，它就可以无限地再生产。而且结晶又漂亮又坚硬，有时还是透明的，它不知道什么是老朽和凋落，始终拥有原始的单纯性，可以耐受时间的腐蚀。结晶的构造与实质、形式与内在完全保持着一致，找不到任何区别，这一点也十分值得强调。如此想来，乌托邦主义者将结晶视为神的作品中最纯粹的东西，也就毫不奇怪了。

莫诺认为，"结晶之所以能够完整展示特定的几何学形状，是因为它的宏观构造直接反映出了构成它的原子和分子的大量简单重复的微观构造。换言之，结晶就是微观构造的宏观表现"。这么想来，自古以来许多乌托邦主义者和神秘哲学家热爱结晶，也许是因为他们在无意识中依靠直觉看透了物质最细微的构造。他们在科学出现前，已经掌握了科学的真理。

[①] J. G. 巴拉德（James Graham Ballard, 1930—2009），英国小说家，生于上海。

*

几何学是一门抽象的学问，虽然它和世界最古老的文化共同拥有漫长的历史，但是在某些方面与之极为相似的晶体学却只有不到三百年的短暂历史，这个问题值得深思。丹麦人尼古拉斯·斯泰诺[①]是第一个发现结晶的面之间有特定角度的人，此时竟然已经是十七世纪后半了。对于这个问题，前文曾提到过的马克西姆·舒尔教授大致提出了如下假说：

使人类对结晶感兴趣的要因大致分为形状和颜色两方面。但是从古代的普林尼到中世纪的石谱作者，再到巴洛克诗人雷米·贝洛[②]等结晶爱好者的发展看来，所有人只在意宝石的颜色，对形状几乎没有关注过。

舒尔教授的看法虽然简单，却直指问题实质。至少在诗歌和文学作品中，自古以来，宝石的颜色都比形状更居于优先地位。可以说，这一本质在巴洛克诗歌之后的浪漫主义和十九世纪末的象征派中都没有任何改变。例如巴什拉在《大地与意志的梦》中提到："打开蓝宝石的宝石箱，空气之中蕴含的想象便纷纷向着蓝天展开翅膀，令人不禁想，这块石头仿佛吸收了天空的蓝色。"可

[①] 尼古拉斯·斯泰诺（Nicolas Steno, 1638—1686），丹麦科学家、地质学和解剖学先驱。
[②] 雷米·贝洛（Rémy Belleau, 1528—1577），文艺复兴时期法国诗人。

见，这种想象力只因颜色而变得富于感性且情绪化，与科学式的抽象思考相反，它将我们导向炼金术和魔法等神秘幻想的方向。

当然存在着例外。在老普林尼《博物志》第三十七卷第九章中有如下内容：

> 为什么水晶会形成六边形的表面？找出其理由与寻找角的顶点为何形状不一的理由一样，都不简单。它的表面如此反光，什么技术都做不到。

——也就是说，普林尼甚至还注意到了左旋水晶和右旋水晶的不同。

随着近代的到来，以前的关联被逆转，相较于颜色，形状的重要性渐渐被人们发现。或许是随着精巧的玻璃制品和水晶吊灯的普及，民众从观赏宝石切面闪亮光辉的反射中获得了全新的快乐吧。威尼斯和佛兰德斯的富裕阶级开始喜欢上玻璃器皿和镜子，从而改变了以往的绘画世界的样貌，这是艺术史上最有趣的事件之一吧。许多科学和艺术开始对形状产生偏执，与形状相比，颜色是多么暧昧啊。关于笛卡尔思想中的"清楚、分明"（Clara et distincta），如果不对照他长居之地荷兰的静物画，就无法完全理解它的含义。

到了十八世纪后半期，法国的罗梅·德利勒①使用量角器测得结晶的平面夹角度数，得以确认同种结晶的夹角角度总是相同的。同样，被称为"晶体学之父"的法国神父阿维②研究解理面③，证明了所有结晶的面由细微的小片（原始形态）结合而成。就这样，晶体学领域逐渐开始拥有一些合理的法则，自古以来的柏拉图立体也受到了影响。前文中曾稍有提及，结晶的世界里五次对称轴是不成立的，所以五种柏拉图立体里的正十二面体和正二十面体的资格受到怀疑，最终不得不被驱逐！

到了二十世纪，德国的物理学家劳厄④发明出用X光观察晶格构造的方法。如今，晶体学已成为从原子角度研究物质构造的学科，运用晶体学知识也可以解明矿物复杂的原子排列。我们甚至可以从彩色照片中看到钨的晶格之中的一个个原子排列。在极短的时间内，晶体学取得了极大的进步。

---

① 罗梅·德利勒（Jean-Baptiste Louis Romé de L'Isle，1736—1790），法国矿物学家，结晶学的先驱者。
② 阿维（René Just Haüy，1743—1822），法国矿物学家。
③ 解理面，晶体在外应力作用下，由于原子间键合力的破坏而造成的沿一定的晶面断裂，该晶面称为解理面。
④ 劳厄（Max von Laue，1879—1960），德国物理学家，曾因发现晶体中X射线的衍射现象而获诺贝尔物理学奖。

＊

"某种结晶在它出现时就已蕴含难以削弱的纯粹活力，那是它们难以抑制的、企望结晶的力量。"约翰·拉斯金[1]曾在《尘埃的伦理》中如此写道。

赫伯特·里德[2]悄悄地爱着约翰·拉斯金这位被视为老古董、老来疯的理想主义者，他在自身风格独特的乌托邦小说《绿童》中叙述了如下一番美丽的幻想：

> 美的愉悦，在于它某种程度上因超脱人为的形式和自然的原型而被知觉，最大的美被赋予最大程度上脱离必然性的可能范围的结晶体中。结晶体的结构有等轴晶系、正方晶系、斜方晶系、单斜晶系、三斜晶系、六斜晶系这六种，每一个晶系都有热心拥护它的人们。可以用这世界上的各类艺术用语去形容这些人的偏好。比如，支持位于一种极端的等轴晶系的人充满巴洛克式幻想，支持位于另一种极端的六斜晶系的人身上则带有古典式的简朴风格。

---

[1] 约翰·拉斯金（John Ruskin, 1819—1900），维多利亚时代的英国作家、艺术评论家。
[2] 赫伯特·里德（Hebert Read, 1893—1968），英国诗人、文艺批评家、艺术史家。

还有,安德烈·布勒东在《疯狂的爱》中宣言"赞美结晶",并写下下文:

> 若论有机界带给我们的教训,则没有比结晶体更好的了。即使是艺术作品,如果它不能从其外部与内部彰显结晶一般的硬度、严格性、规则性以及光辉的话,就如同从波澜壮阔的人生中只截取断片一样,缺失了整体的意义。
>
> 细看岩盐的立方体,我不由产生强烈的愿望,能不能从远处去看一看我所居住的家、我的人生和我写下的东西呢?

现在,对于结晶的美学爱好已经明显与伦理要求密不可分地结合在一起了。

关于螺旋

螺旋について

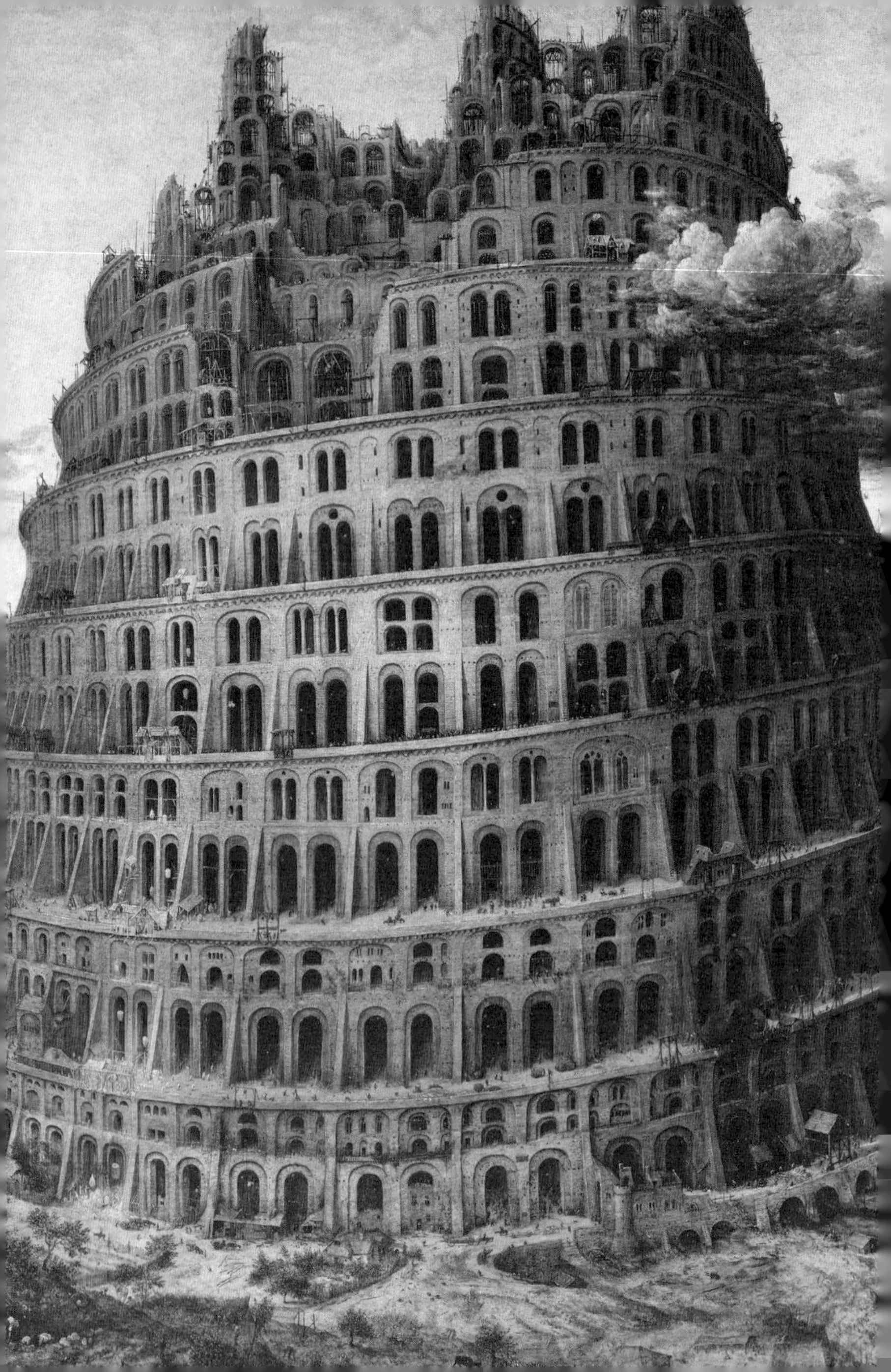

observing 但丁所描写的地狱剖面图,我们能看到有一个巨大的漏斗状洞穴,入口与地表相连,底部延伸到地球的中心,有九个阶梯状圆形地带沿着斜面排列,越往下越狭窄。在最底部的地球中心,蛰伏着有三张脸和六个翅膀的魔王路西法,它像蚁狮[①]一样等待着掉下来的猎物。不过,和挖漏斗状"蚁地狱"的蚁狮之间的显著不同在于,路西法保持着从天上掉下来的姿势,胸部以下的身体浸在科库托斯河的冰冻池子里,它的六只眼睛只能哭泣。据但丁的描写,在这冰冻的池子周围,除了路西法,还有建造了巴别塔的巨人宁录,他站在那里,"像塔一样,将半个身子伸到井口外面"。

[①] 蚁狮,蚁蛉的幼虫。这种幼虫会挖漏斗状的坑穴,躲在坑底等待蚂蚁失足落下去然后捕食。

在倒圆锥形的地狱底部恰巧有双重形象①般的巴别塔的幻影，这十分有趣。

在但丁的宇宙起源论里，地狱之所以有倒圆锥形的洞，是因为路西法从天而降，它的冲击使得它从地球另一侧飞出去，此时形成的山就是净罪山。所以我们可以得知，但丁的宇宙起源论与《圣经》的历史记载完全一致，但丁恐怕是西欧第一个描绘出螺旋形地狱的正确构造的作家。虽然在但丁之前有以荷马和维吉尔为首的许多古典时期的作家讲述过地狱，而且在中世纪的爱尔兰圣职者的幻想中，时不时会看到彼岸的世界，但是他们在地形方面的描述仍然十分模糊。但丁是第一个将历史方面与哲学方面整合在一起，描写出一个成体系的宇宙构造的人。

虽说如此，据研究但丁彼岸世界的宇宙构造的格奥尔格·拉博赛的观点，"圆锥形宇宙"这个卓越的想法不一定是这位《神曲》诗人的独创。据说在古典时代末期②文人马克罗比乌斯③所著《〈西庇阿之梦〉的注释》中，已经叙述了宇宙因堕落而从神圣的球形变成圆锥形的过程。就像大宇宙和小宇宙相对应一样，我们的灵魂如果堕落，也会变成圆锥形。这刚好与下落的水滴从圆形变成歪曲形状一样。完整的世界呈球形，不完整的世界呈圆锥形。因

---

① 双重形象，日语作"ダブル・イメージ"，即 double image，指在一幅画中隐藏着仔细分辨才能察觉的另一重形象。
② 约公元三世纪至八世纪。
③ 马克罗比乌斯（Macrobius），古罗马作家，活跃于四世纪前后。

此但丁的灵魂想要到达天堂的球形世界，才需途经地狱界和净罪界这两个圆锥形的世界，可以说，他的这段旅程是符合马克罗比乌斯的宇宙论的。

我之前提到过，圆锥形的地狱洞穴与巴别塔有着双重形象，我想说的是，关于这一点，卡罗伊·凯雷尼[①]在《迷宫的研究》中提到："美索不达米亚的金字形神塔（Ziggurat）的构造，或曰地下迷宫，它有可能因与上天的对应而形成。"凯雷尼很谨慎，他只通过推测说了这么一句话，但是据埃利亚德[②]提过的"中心的象征主义"理论，巴比伦常被视为世界的中心，在那里"连接着天与大地、大地与地下"。如果将空洞状地狱当作铸模，铸造一个巨大的圆锥，将它上下逆转之后建在地面上，它就变成了老勃鲁盖尔[③]笔下的巴别塔。但是暂时先不提塔的形象，我在这里想引用的例子，是空虚之塔，即内部为空洞的圆形剧场的构造。

罗马时代的圆形剧场是巨大的石造建筑物。它就像但丁的地狱一样，周围有阶梯状的座席，越接近底部，圆形范围越小，中心的斗兽场曾经举行过剑士和野兽的搏斗，

[①] 卡罗伊·凯雷尼（Károly Kerényi，1897—1973），匈牙利神话学者、宗教史学者，主攻希腊神话和古代神话研究。
[②] 埃利亚德（Mircea Eliade，1907—1986），罗马尼亚宗教学者、宗教史家、历史哲学家、作家。
[③] 老勃鲁盖尔（Pieter Bruegel de Oude，约 1525—1569），布拉班特公国（现位于荷兰）画家。因创作大量农村题材画作，被称为"农民的勃鲁盖尔"。

图 8　圆形剧场　皮拉内西

有时也会举办基督教徒的殉教仪式。也许圆形剧场的印象和殉教与处刑的回忆相关，总体而言它既寂静又阴暗。不，倒不如说现在作为遗迹一直留存至近代的圆形剧场全都是崩塌了一半的废墟形态，所以我们的脑海中必然会将圆形剧场与寂寥的废墟形象联系起来。古代崇拜和哥特趣味从十八世纪中叶开始流行，曾有一位生于威尼斯的与众不同的铜版画家乔瓦尼·巴蒂斯塔·皮拉内西[1]，他将基础置于对废墟美的憧憬之上，终生不断绘制罗马时代的废墟建筑，在考察地狱与螺旋方面的问题上，他也是一位不容忽视的人物。

---

[1] 乔瓦尼·巴蒂斯塔·皮拉内西（Giovanni Battista Piranesi, 1720—1778），意大利画家、建筑家。曾在 1740 年前往罗马，在罗马教皇的支援下研究古代遗迹。

*

如今，皮拉内西在艺术史上并未取得多高的地位，但是他在英国和法国是被许多浪漫派诗人视作老师的人物。他铜版画中常常表现出的剧场式氛围为英国的黑色小说作者和法国的通俗剧作家提供了极大的灵感来源。威廉·贝克福德[1]为了在一代奇书《瓦泰克》的末尾数页描述阴暗悲惨的地下宫殿，直接使用了皮拉内西的"监狱"系列画作。霍勒斯·沃波尔[2]在《奥特兰托堡》的开头部分描写了"超过一百倍人类头部大小的、带鸟毛装饰的巨大头盔"，这种描写也必然是借鉴了皮拉内西的铜版画。有趣的是，这两位英国的黑色小说作者，既是小说家，也是狂热的建筑爱好者。从这方面或许也能看到皮拉内西的影子吧。在法国，我们可以从缪塞[3]、诺迪埃[4]、戈蒂耶[5]、维克多·雨果、儒勒·米什莱[6]等作家的只言片语中，读出他

---

[1] 威廉·贝克福德（William Beckford，1760—1844），英国小说家、艺术收藏家、政治家。
[2] 霍勒斯·沃波尔（Horace Walpole，1717—1797），英国作家、艺术史家。
[3] 缪塞（Alfred de Musset，1810—1857），法国剧作家、诗人、小说家。
[4] 诺迪埃（Charles Nodier，1780—1844），法国作家，浪漫主义文学运动的代表人物之一，被誉为"法国幻想文学的鼻祖"。
[5] 戈蒂耶（Théophile Gautier，1811—1872），法国诗人、剧作家、小说家及文艺批评家。
[6] 儒勒·米什莱（Jules Michelet，1798—1874），法国历史学家。

们对这位铜版画家的深深爱意。

在法国引起如此异常的皮拉内西热潮的原因，只不过是柯勒律治与德·昆西[①]这两位英国作家之间的一些日常艺术讨论罢了。德·昆西把从前辈诗人柯勒律治那里听来的事情写在自己的作品《瘾君子自白》中，读了这本书的法国浪漫派诗人们疯狂地追捧起这本书，最后甚至形成了类似"皮拉内西神话"一般的风潮。

我在此翻译一段德·昆西的《瘾君子自白》中值得讨论的部分。提醒一下诸位，这本书的作者只不过是依靠记忆复述了从柯勒律治那里听来的话。

> 这些版画里描绘了巨大的哥特式大厅。大厅的地板上设置了车轮、钢索、弩炮等似乎可以发挥巨大力量与防御力的各种机关和机械。沿着墙壁向上可以看到楼梯，皮拉内西曾经摸索着爬上那段台阶。再向前走一点就没有扶手了，楼梯突然断裂。走到那里的人除了坠入脚下的深渊便无法前进一步。皮拉内西究竟怎样了？你或许以为他的努力就到此为止了吧。可是抬起头来，我们却发现了更高的第二段楼梯，在那里，我们再次看到皮拉内西的身姿。而且这次他站在深渊的边缘。继续向上看，可以看到楼梯高耸入云，

[①] 德·昆西（Thomas De Quincey，1785—1859），英国作家、散文家。

皮拉内西又在努力拼命攀登。就这样，没有尽头的楼梯与皮拉内西一起消失在大厅上方的黑暗中。

柯勒律治看到的版画应该来自皮拉内西的两组著名作品——"监狱"系列的《任性监狱》（1745年）与《幻想监狱》（1760年）中的某一张。第一组有十四张，第二组有十六张，几乎所有作品都描绘着类似螺旋楼梯的东西，不知所指的具体是哪张，如果必须列举，我认为最接近的应该是1760年版的第七张。但是不论如何寻找，这张画里都没有皮拉内西的身影。不，不仅是这一张，所有的画里都无法找到画家的身影。散落在各处的小小人影看上去只是无名的囚犯和看守。所以，如果读者想要检证德·昆西的记载而翻开版画集，肯定会感到失望。

然而，无论这是否可能只是柯勒律治的谎言或者德·昆西的创作，对我们而言，这都毫无疑问是一种卡夫卡式的噩梦，其中包含着心理学的真相。我们可以从德·昆西的细致描述中看出，它体现了某类典型的强迫式噩梦，这正是我们第一眼观看皮拉内西的画时所感受到的。关于这一点，《苦炼》的作者玛格丽特·尤瑟纳尔的观点值得一读，在《皮拉内西的黑色脑髓》（收录于评论集《遗存篇》[①]）中，她认为皮拉内西的"监狱"在两位英

---

① 在该书中译本中，所涉篇目译为《皮哈莱兹的黑色头脑》。

图 9 皮拉内西《幻想监狱》第七张

国作家的心中,"是他们自身的上升或者他们自身眩晕的表征,生出了比真实更真实的象征式的楼梯、象征式的皮拉内西的形象"。

确实,皮拉内西的监狱不像任何时代、任何现实中的监狱,只能说它是一个噩梦之中的监狱。就算它不是监狱,也不可能在现实中建造出内部空间如此巨大的建筑,而且这巨大的内部空间似乎是完全闭锁的。与其说它是"噩梦中的监狱",不如说它是一个虽然闭锁却无限膨胀的、以噩梦为名的监狱。

但丁通过描写道路渐渐狭窄、寒气渐渐增多,来表现自己螺旋降入地狱时的不安。与之相对,皮拉内西通过完全不同的视角,让我们体验以噩梦为名的监狱的恐怖,这是德·昆西所说的一种无穷尽的上升、永恒反复的恐怖。这巨大监狱的内部缺乏任何方向性,无论我们向哪里行走,都不可能到达边界。无论向哪里走,都是无限延伸的相同的走廊、相同的楼梯、相同的扶手和相同的拱廊。我们无法分辨在画面中看到的楼梯和桥始于哪里、终于何处。它们仿佛从遥远彼岸的黑暗中出现,又再度消失在了无尽的黑暗之中。这巨大的监狱的空间究竟是内部还是外部,我们已经无法判断了。——这种皮拉内西式的空间,明显是与我们的迷宫体验同一化而得出的结果。我们在此所体会到的,正是身处迷宫之中的感觉。

恐怕对于皮拉内西而言,囚禁意味着被强制重复某行为，囚犯们没有休息也没有目的，只能独自漫步。他们怎么走都走不到监狱外面，反过来说，行走本身就是监狱。因此监狱没有内部和外部，只是永远的行走。

如尤瑟纳尔女史曾提到的，皮拉内西像他之前及之后的许多巴洛克和浪漫派画家所期待的一样，"绝对没有试图将建筑的威严与人类的野心融为一体"。他在自己的画中强调人类的渺小，监狱内部向左向右走的囚犯们看上去像是一群小矮人。这位十八世纪的铜版画家的作品充满恶意，仿佛在嘲笑人类活着的意义，他简直可以与创造了"小人国"和"微型巨人"的斯威夫特和伏尔泰相媲美。这也许能够让我们理解，为什么戈雅对他的作品情有独钟。就像尤瑟纳尔曾说过的那样，"有许多十八世纪最智慧的人将人类视作小矮人，并且开他们的玩笑"。

这么说来，皮拉内西与卢梭、狄德罗和卡萨诺瓦[①]是同时代的人，而比他晚大约一代人的，有创作了《狂想曲》的戈雅，《罗马哀歌》的作者歌德，《贞洁的厄运》的作者萨德、《论犯罪与刑罚》的作者贝卡里亚[②]。也许从这些十八世纪的人共同唤起的阴暗印象中，可以看出皮拉内西为何必须画下"监狱"系列吧。尤瑟纳尔认为，"这是人工制造的不祥的现实世界，是恐怖的密室，也是夸大妄

---

① 卡萨诺瓦（Giacomo Casanova，1725—1798），意大利冒险家、作家。
② 贝卡里亚（Cesare Beccaria，1738—1794），意大利法学家、哲学家、政治家。

想狂的世界",我想这评语也能直接用来形容萨德的世界吧。而且监狱的印象深入了十八世纪人们的脑海,对他们而言这是监禁、拷问和强迫观念的具体表现。

此外,我在此再度想起了但丁。在皮拉内西的监狱中原本没有任何与宗教有关的事物,而囚犯们被投入的这巨大的恐怖深渊,与但丁的漏斗状地狱是一样的,也就等同于——"抛弃了所有的希望"。埃利·富尔[1]在《艺术史》中将"监狱"系列的作者置于米开朗基罗《最后的审判》的传承之中,这不仅是因为透视法与空间处理方法,还在于他正确地继承了但丁的思想。皮拉内西的"监狱"确实与但丁的地狱不一样,并没有"罪人在漏斗状的洞穴的各层接受特定的神罚"这一形式,而是像前述那样接受永远的步行的惩罚,这种模糊不清的世界明示着近代人类的绝望和悲剧。

在这里需要注意的是,皮拉内西式空间这一类迷宫,是比单纯的崩坏和没落更为恐怖的、几何学构造的迷宫。写了无数关于皮拉内西相关研究书籍的亨利·福西永[2]认为:"这石头森林(监狱)是一种体系。看似无秩序,其实是由法则组织起来的。幻想的要素并非由微暗空间中飘浮的阴影产生,而是来自从三维空间所遵从的规则中严谨

---

[1] 埃利·富尔(Élie Faure,1873—1937),法国艺术史家、艺术评论家。
[2] 亨利·福西永(Henri Focillon,1881—1943),法国艺术史家。

导出的技巧。《监狱》的神秘中没有任何暧昧和不确定。它的神秘来源于正确的、强大的效果，还有既不可能却又现实得令人惊讶的建筑的**物质性**。"

*

让·鲁塞[①]在《法国巴洛克时代的文学》中提到："螺旋是受巴洛克风格喜爱的线条之一，可以在瓜里尼[②]、丁托列托[③]、鲁本斯、贝尼尼的天使、皮热[④]的牧羊神等作品中看到。螺旋是缓慢展开的**发条**，是无尽的运动，是为运动而进行的运动。如果让视线追随螺旋，它总会将视线带向极为遥远的地方，无论如何都找不到停止点。"这就是我们在皮拉内西的"监狱"中体会到的眩晕般的感觉吧。德·昆西的强迫式噩梦象征着作为迷宫的皮拉内西式空间，我想，这也正是巴洛克式空间的一种。

巴洛克风格的建筑和雕塑多采用卵形图案，在装饰方面十分偏爱自由曲线、蛇形曲线和漩涡曲线。巴洛克风格

---

① 让·鲁塞（Jean Rousset，1910—2002），瑞士文学评论家，主要研究方向为法国文学，尤其是文艺复兴晚期和十七世纪早期的巴洛克文学。
② 瓜里尼（Guarino Guarini，1624—1683），意大利巴洛克风格建筑师。
③ 丁托列托（Tintoretto，约 1518—1594），意大利威尼斯画派风格主义画家，文艺复兴晚期的最重要的艺术家之一。
④ 皮热（Pierre Puget，1620—1694），法国巴洛克雕刻家、画家、建筑家。

喜好变化的、运动的和持续的事物。但螺旋却是一边向着中心无限收缩，另一边沿着外侧无限扩展，在这两个无限之间是永远颤动且持续的，就是无限运动。它也是皮拉内西笔下囚犯的永恒步行。

在固定形态中，左右对称有着重要作用，它既是平衡的保证，也是不动的象征，因此总是憧憬着完美的古典主义美学最喜欢它，但是巴洛克美学并非如此。如同沃尔夫林[①]所证明的，巴洛克美术中很少有对称构图的例子。巴洛克美术被永恒时间的强迫观念附体（巴洛克既是生之跃动，也是不安的表现，这正是因为时间的强迫观念），普遍喜好不均衡的形式和开放的形式。换言之即螺旋的形式。对我来说，古典主义的标志在于对称，巴洛克的标志就是螺旋。博尔赫斯曾经说过"实存喜好对称"，他至少通过这句话坦白了自己对于古典主义的嗜好吧。

我在前文中提到过，马克罗比乌斯认为神圣的宇宙因堕落而从球形变成圆锥形。如果将圆锥形换成螺旋，便可毫无疑问地得出艺术史中古典主义与巴洛克主义之间的联系。历史的发展过程是从神的完美的世界秩序中堕落的过程，从这一颓废主义的观点看来，螺旋或许成了一种救赎，因为螺旋是无限再生的保证。维柯[②]的历史循环论就

---

① 沃尔夫林（Heinrich Wölfflin，1864—1945），瑞士艺术史家。
② 维柯（Giambattista Vico，1668—1744），意大利政治哲学家、历史学家。

是一个典例。

我突然想起，歌德有作为自然科学家的天才式直觉。他在离世的前一年写了一篇名为《植物的螺旋倾向》（1831年）的笔记，其中讲述了两类支配植物成长的倾向，并将这种力学发展原理规定为螺旋式。那时有人嘲笑歌德的直觉看法很业余，但是现在不会有人嘲笑了吧。如今病毒被认为位于生命与非生命的交叉区域，它也展示出了严密的螺旋构造。在1953年，人们发现从单细胞生物到人体细胞，存在于所有生命细胞中的原生质的本质成分DNA，正是双螺旋形构造。

如果生命的本质是螺旋，那么巴洛克就是生命的直接表现吧。画家毕加索似乎曾经断言过"对称即死亡"。勒内·于热曾经为之添加注释，称"这几乎与所有科学法则所表述的相同"。虽然有低等生物和水里的小生物展现出完全球形的对称形态，但是对称其实本应是矿物和结晶世界的特质。如此看来，生命或许更接近液体吧。因为生命的本质在于不断地持续、变化和流动。就连液体也一样，静止的一滴液体会渐渐变成球形。它在下落（堕落）的时候才会第一次扭曲成其他形状。

十九世纪末的化学家路易·巴斯德[①]从酒石酸的旋光性研究开始，逐渐发现解决生命现象之谜的关键在于左右

[①] 路易·巴斯德（Louis Pasteur，1822—1895），法国微生物学家、化学家，被誉为"细菌学之父"。

非对称，最后终于确信"宇宙是非对称的"。就算范围不及宇宙，巴斯德也曾断言这一非对称的性质是"化学方面区分无机物和有机物的唯一界线"，这对于我们而言很容易理解。毕加索的话也只不过是对类似观念的一种变形。如果非对称的物质开始运动，那么形状一定会成为螺旋形。各种细菌、贝壳、羚羊角、高等动物的精子、我们的半规管都能证明这一点。在植物的领域中，长在茎上的叶子的排列有时会展现出螺旋状的倾向，它也被称作"螺旋叶序"。

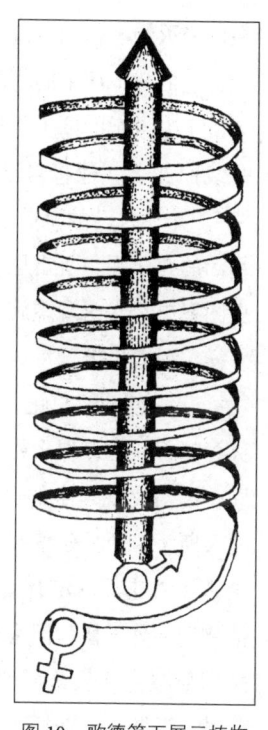

图10 歌德笔下展示植物螺旋倾向的示意图

生物中关于螺旋的最佳示例，是加斯东·巴什拉在《空间的诗学》中感叹过的"以对数螺线的轴为起点建造自己的房子"的菊石吧。建筑家赖特[①]在设计古根海姆美术馆时，毫无疑问地从菊石得到了灵感。古代生物，例如现

---

① 赖特（Frank Lloyd Wright，1867—1959），美国建筑师、室内设计师、作家、教育家。

在已经灭绝、作为古近纪化石标准的有孔虫类——货币虫等，它们只由简单的阿基米德螺线构成。

十七世纪的瑞士数学家雅各布·伯努利[①]以研究对数螺线而闻名，他将自己深爱的对数螺线称为"惊异的螺线"，并在自己的墓碑上刻下它的形状。这说不定是表示复活的咒语呢。凯雷尼认为，埃及第十二王朝之后的圣甲虫图案中经常出现螺旋，显然，这"就像永远存在的太阳一样象征着再生"。

有一点不能忘记，就像毕加索曾经说过的，假如对称意味着死亡，那么死亡同时也是安息，是均衡。与之相同，巴洛克既是生的运动，也是不安与恐怖。《魔山》中的汉斯·卡斯托尔普在用显微镜观察雪花结晶时，想到无论哪片雪花都一定有"严格的齐整和冷酷的守规"，这使他感到一阵不快，因为"生命会对过度严苛、齐整的东西感到战栗，并从这可怕的东西身上感受到死亡的神秘"。此时，汉斯·卡斯托尔普在无意识中寻求巴洛克式的生命感，但是没有人能说这生命感的内部没有不安。

*

在近代心理学中，螺旋是与"个体化的过程"相关

[①] 雅各布·伯努利（Jacob Bernoulli, 1655—1705），瑞士数学家，是最早使用"积分"这个术语的人，也是较早使用极坐标系的数学家之一，概率论中的伯努利试验与大数定理也是他提出来的。

的形象。螺旋式的探究经常以下降的形式体现,这意味着人类生命已经到达极限点,从此不能变得更年轻。如果要在前进式的力量衰竭时,让生命继续存在并发展,那就只能选择潜入自身的深处吧。在降下并走入"母亲们"的国度、再度获得光中的生命之前,首先要积攒关于黑暗的经验。只有让业已存在的一部分死亡,才有可能使人类重生。因此螺旋意味着为了再获生命而死亡,即为了复活而死。这就是维柯的历史哲学理论。

荣格也曾经多次提及螺旋,他曾在巨作《心理学与炼金术》中数次讲述它。对荣格来说,螺旋是"内部进化"选择的形式。荣格的徒弟C. A. 迈尔[1]博士曾经报告过罹患"自动游行症"的年轻女性的病例,如果没有对迷宫体验的考察,他或许就无法研究这一课题了。凯雷尼则通过这位女性的皮拉内西式噩梦体验,充实了其自身关于迷宫与舞蹈的理论。

虽然我认为迷宫的主题和螺旋的主题在美学和心理学上不一定有直接联系,但是凯雷尼在《迷宫的研究》中证明了它们有紧密联系。

> 迷宫作为宗教习俗和原始艺术出现时,或多或少被认知为一种螺旋式形态。无论是单纯的线状螺旋

---

[1] C. A. 迈尔(Carl Alfred Meier, 1905—1995),瑞士心理学家。

还是复杂的弯曲状螺旋,如果我们将其视为难以避开的一条路或者一条走廊,那么它就是一个迷宫。

凯雷尼在巴比伦、克里特岛乃至北欧文明中广泛寻找过上文的例证,我在这里只引用其中之一:巴比伦的黏土板,上面画着为了预言使用的祭祀用动物的螺旋状内脏。在古代,这种潜入死亡世界的方法常被视为降入冥府,因此可以将螺旋视为对冥府建筑的表现,而且甚至有"内脏的宫殿"这个形容冥府的说法。凯雷尼暗示我们,巴别塔也许就是"内脏的宫殿"的等价物。

珀耳塞福涅的神话,以及希腊之外的文明中相似的神话为我们提供了有趣的例子。年轻女子降入冥府的故事成为一些地方的舞蹈剧目,我们几乎一定能在其中发现螺旋形状。螺旋由九个舞者组成圆环围绕着位于中心的井口来表现。

代达洛斯是传说中迷宫的建造者,关于他的神话也与螺旋形象相关。在古代传说中,代达洛斯可以用一根线穿透蜗牛壳,这正是"迷宫与蜗牛壳是同一观念的两种表现"。

当我读到代达洛斯的传说时,不由得想起巴什拉在《大地与休息的梦》中引用的让·保罗的话:"好好检查你们的生活框架、房屋墙壁和房间角落。然后缩小身体,缩进你的蜗牛壳螺旋的最深处。"

关于蜗牛，还有许多值得一写。我在此以螺旋为主题，讲述几个和蜗牛有关的故事。柳田国男在《蜗牛考》中提到 maimai 这个词的起源很有可能来自蜗牛壳的形状，也就是它的卷曲方式"，可以看出在日本，蜗牛和螺旋之间也有紧密关联。例如在祭典的日子中，从属于神社、跳着神舞的舞者同样被称为"舞い舞い"（maimai）。

　　我们可以在科西嘉岛和法国普罗旺斯地区的习俗中找到同样的例子。在科西嘉岛上有职业的哭丧女和唱丧歌的女人，她们会以死者躺着的棺材为中心，边跳舞边将行列排成螺旋状，当地将其称为 Caracolas（蜗牛）。在普罗旺斯地区，至今每逢基督圣体圣血节后的星期四①，仍会出现排成螺旋形状的队伍。在这一天，人们会在街道和各家各户的窗子边装饰蜗牛壳，其中灌满灯油，壳口插着一根芯，做成一种油灯。据说蜗牛壳灯拥有古老的历史，它可能象征着为墓中死者照耀死后的旅途。

　　在远古时代，已经有将蜗牛视为再生的象征、给它穿上线做成死者首饰的例子。这似乎意味着在冬季漫长的睡眠后苏醒、春天再度到来。在中世纪基督教的象征动物中，蜗牛占据着重要地位。蜗牛也曾在十四、十五世纪的细密画的装饰图案中出现，是《圣经》中移开墓盖复活的拉撒路的象征。蜗牛和螺旋在"重生的象征"这一点上完

---

① 此处依作者原文译出。基督圣体圣血节一般而言在圣三一主日后的星期四，在某些不方便在周四举办的地方则移到周日举行。

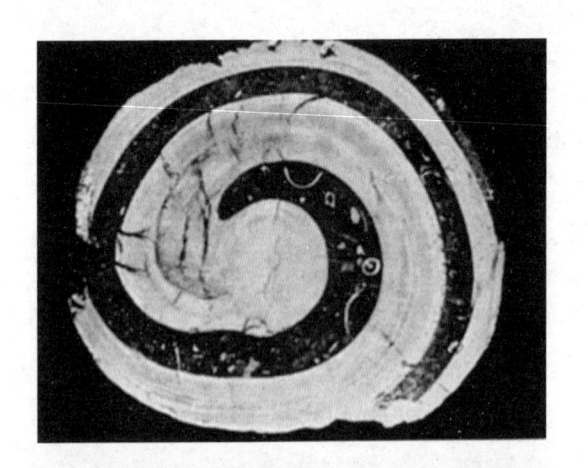

图 11 蜗牛化石（上）与鹦鹉螺的壳（下）

全相同。

　　螺旋状道路象征着降入深渊，这种下降可能是对中心的探求。它也可以被认为是对自我的探求，或是对宇宙感觉的探求吧。这一探求总与死亡相伴，这死亡又总与再生随行。因此可以说，螺旋实现着死亡与再生，同时表现了不断更新的人类精神的活力。就像伯努利在自己的墓碑上雕刻对数螺线一样，二十世纪初期离奇古怪的诗人阿尔弗雷德·雅里[①]也在愚比王的巨大的腹部上画下了不可思议的螺旋。看来螺旋的咒术力量仍然没有消亡。

---

① 阿尔弗雷德·雅里（Alfred Jarry，1873—1907），法国象征主义作家，代表作有《愚比王》等。

寻爱绮梦

『ポリュフィルス狂恋夢』

ce ligatura alla fistula tubale, Gli altri dui cū ueterrimi cornitibici concordi ciascuno & cum gli instrumenti delle Equitante nymphe.

Sotto lequale triūphale seiughe era laxide nel meditullo, Nelqle gli rotali radii erano infixi, deliniamento Balustico, graciliscenti seposa negli mucronati labii cum uno pomulo alla circunferentia. Elquale Polo era di finissimo & ponderoso oro, repudiante el rodicabile erugine, & lo'incēdioso Vulcano, della uirtute & pace exitiale ueneno. Summamente dagli festigianti celebrato, cum moderate, & repentine riuolutiōe intorno saltanti, cum solemnissimi plausi, cum gli habiti cincti di fasceole uolitante, Et le sedente sopra gli trahenti centauri. La Sancta cagione, & diuino mysterio, inuoce cōsone & carmini cancionali cum extre
ma exultatione amo-
rosamente lauda
uano.
✱✱
✱

十五世纪意大利的多明我会修道士弗朗切斯科·科隆纳（Francesco Colonna）写下了一本如梦似幻的故事书《寻爱绮梦》（*Hypnerotomachia Poliphili*），这本书在1499年由威尼斯著名印刷商阿尔杜斯·皮乌斯·马努提乌斯[①]出版，后来被法国高等法院检察官让·马丁（Jean Martin）翻译为法语，命名为《波利菲罗的梦》，并于1546年在巴黎的雅克·克弗（Jacques Kerver）书店出版。

我拥有的这本美丽的书是1963年由法国书籍俱乐部出版的，它完全复制了1546年雅克·克弗书店那一版本。

[①] 阿尔杜斯·皮乌斯·马努提乌斯（Aldus Pius Manutius，1449—1515），意大利人文主义者、学者、教育家，生于威尼斯，在威尼斯创立阿尔定出版社（Aldine Press），出版希腊文和拉丁文的古典著作。

而且，这本书有阿尔贝-马里·施密特[①]教授撰写的简短序文。这位研究十六世纪文学的专家也是情色巴洛克诗和神秘学的爱好者，甚至写过一篇关于曼德拉草的研究报告，实在是位爱好独特的学者。他在十年前突然离世，我感到十分惋惜。

回到正题，《寻爱绮梦》的意大利语原版似乎被广泛阅读，特别是当时被翻译成法语之后，在有教养的人之中掀起了一阵知识浪潮。也许这是因为让·古戎[②]绘制的精细木版插画比曼特尼亚派画家绘制的意大利语版木版画更有魅力吧。其实对我而言，这本书的内容自不必说，其插画也有极为独特的魅力。当然，生活在现代日本的我与十六世纪的法国知识分子有极大的审美差异。可以说我是以考古学的眼光观赏这些画的；但是对他们而言，这本书更加生动鲜明，它甚至相当于与古代相关的百科全书，对他们的艺术创造产生了直接作用。不过，无论是对文艺复兴时期的人来说，还是对现代的我们来说，古希腊、拉丁语的世界一直是考古学乐于研究的对象，和古代与近代之间的巨大时间差相比，十六世纪和二十世纪的差距简直不值一提。总之，在这里强调一下这一点或许有用。

[①] 阿尔贝-马里·施密特（Albert-Marie Schmidt，1901—1966），法国语言学家，乌力波（Oulipo）创始成员之一。
[②] 让·古戎（Jean Goujon，约1510—约1565），法国文艺复兴时期雕塑家、建筑家。

用一句话总结，这本内文插画具有奇妙魅力的书，对当时的时代思潮，也就是唤醒对古代的憧憬起到了作用。多明我会修道士弗朗切斯科·科隆纳是一位基督教的修道士，我认为他为了表达对古代的难以抑制的热情，而选择以梦的形式讲述故事。

故事的主人公在梦中漫步，接连遇到壮丽的古代风格庭院和神殿、各种建筑、神话中的怪兽和宁芙，甚至还有爱神维纳斯的盛大祭典和仪式。所有的故事和寓意都带有古代的含义。但是，这位作者对于古代的知识来自幻想，读到书中关于建筑和仪式的描写时，我们会发现其内容与史实不一定相同，有许多内容并非来自现实。或许正因如此，书中的描写才十分符合梦幻的氛围。总的来说，科隆纳描写的古代由恣意的想象力再度构成，完全是甜美的梦中古代。恐怕这本书跨越时空、让现代的我们为它的魅力着迷的秘密，就在于它描绘的是跨越时代的空想中的古代。历史学家和艺术史家眼中的缺点反而是它作为文学作品的优点，而这些优点以永远不会褪色的魅力流传至今。

科隆纳使用的意大利语原文十分适合空想式的描写内容，因为其中混杂着古希腊语、拉丁语和希伯来语，是一种异样的学究气的散文。仅从法语译本就可以看出这本书的意趣。这本书中有许多和故事无关的琐碎描写，中世纪法语译文用小字印得密密麻麻，对于水平一般的现代读者来说很难全部通读下来。先坦白一下，我也是断断续续地跳着读下来的。

《寻爱绮梦》这本书在十六世纪已被称为"奇书"，在意大利和法国，很多喜欢装饰风格的画家、雕刻家与版画家将其作为无穷尽的灵感之源（知名作品包括艺术史家弗里德伦德尔①进行解说的提香的《天上的爱与人间的爱》），尤其令我感到有趣的是这本书对后世的文学家们产生了相当大的影响。众所周知，同时代的弗朗索瓦·拉伯雷所著《巨人传》第五部的绝大部分都抄袭自《寻爱绮梦》；除第五部之外，拉伯雷也引用了此书中的不少内容。看来他相当喜欢这本书啊。关于这些，可以参考目前广受好评的米哈伊尔·巴赫金②的拉伯雷研究。

到了十八世纪，被关在万塞讷监狱的米拉波伯爵③在为打发无聊时间而创作的情色书籍中，极好地运用了《寻爱绮梦》的一个场景。十九世纪初的浪漫派诗人夏尔·诺迪埃和热拉尔·德·奈瓦尔④各自留下了可称为《寻爱绮梦》翻案⑤版的作品。关于这位特别热衷于《寻爱绮梦》

---

① 弗里德伦德尔（Max Jakob Friedländer，1867—1958），德国艺术史家，专攻早期尼德兰绘画和北方文艺复兴。
② 米哈伊尔·巴赫金（Mikhail Bakhtin，1895—1975），苏联文艺学家、艺术理论家，现代文学理论与文学批评重要理论家。
③ 米拉波伯爵（Honoré Gabriel Riqueti, comte de Mirabeau，1749—1791），法国革命家、作家、政治记者、外交官，共济会成员。
④ 热拉尔·德·奈瓦尔（Gérard de Nerval，1808—1855），法国诗人、散文家和翻译家，浪漫主义文学代表人物之一。
⑤ 翻案，在日语中指在原有作品情节、内容的基础上进行改编。

的奈瓦尔，我会在之后详述。在十九世纪末的英国文人中，奥伯利·比亚兹莱[1]和托马斯·温赖特[2]都值得一提。据文学史家马里奥·普拉兹[3]的观点，在比亚兹莱未完成的情色作品《维纳斯与唐怀瑟》中，不仅是主题，就连文体都明显受到《寻爱绮梦》的影响。此外，奥斯卡·王尔德曾在《意图集》中提到，温赖特[4]既是诗人又是画家，还是位罕见的毒杀惯犯，他的藏书中就有一本《寻爱绮梦》。关于现代的名人，虽然不是文学家，但是达利的《圣安东尼的诱惑》这幅画中有一头背着方尖碑的大象，这种构图与《寻爱绮梦》的一张插画非常相似。——唉，我引用这么多，应该够了吧。

热拉尔·德·奈瓦尔为他对女演员珍妮·科隆（Jenny Colon）的爱情所困，因此他将自己的爱与《寻爱绮梦》主人公波利菲罗的爱等同视之，坚信《寻爱绮梦》是作者科隆纳的一本自传。珍妮·科隆与弗朗切斯科·科隆纳的名字相似，这也是对他的一种启示。奈瓦尔认为，《寻爱绮梦》的作者科隆纳是多明我会修道士，也是一位贫穷的

---

[1] 奥伯利·比亚兹莱（Aubrey Beardsley，1872—1898），十九世纪末英国插画艺术家之一，受日本艺术的影响，是唯美主义运动的先驱。
[2] 托马斯·温赖特（Thomas Griffiths Wainewright，1794—1847），英国艺术家、作家及毒杀狂魔。
[3] 马里奥·普拉兹（Mario Praz，1896—1982），意大利艺术史家、文学研究者。
[4] 在《王尔德全集4·评论随笔卷》（中国文学出版社，2000）《笔杆子、画笔和毒药》一篇中，该人名译为"威恩莱特"。

画家，他向特雷维索的贵族小姐波利娅献上了如火般熊熊燃烧的爱情，但是两人由于身份差异而无法结婚，因此两人都进入修道院，梦想着在死后进入天堂，永远在一起，他们最终以纯洁之身度过一生。但是这段奈瓦尔为《东方之旅》撰写的柏拉图式序文中的解释与充满官能和性寓意的《寻爱绮梦》完全相反，不得不说奈瓦尔只是延伸了自己的体验，靠空想写下了一篇符合自身状况的爱情悲剧。因为首先这位多明我会修道士并不是画家，而且故事中的波利娅其实是一名现实中不存在的女性。

这里必须强调在当时的文学作品中很少见的一点，也可以说它是《寻爱绮梦》的特征。我在之前提到，这本如梦似幻的故事中有许多性寓意。无论是拉伯雷、米拉波伯爵还是比亚兹莱，他们所爱的恐怕有几分是《寻爱绮梦》的这一部分。不言自明，我也是这么认为的。

Hypnerotomachia 这个来自古希腊语的初版书名的字面意思是"睡神（Hypnos、Húpnos）心中的爱情（érōs）战争（mákhē）"。也就是说，这个故事讲的是在梦中追求恋人的主人公与爱神维纳斯所赐的考验作战的故事。换句话说，这是一部传授爱情秘法的书。这一点意味着它是建立在中世纪的《玫瑰传奇》[①]的传统之上的作品。这个故事标题的寓意，既是恋人面对情色试炼的斗争，也

[①] 《玫瑰传奇》（*Roman de la Rose*），法国中世纪长篇叙事诗，全诗超过21000行，以古法语写成。全书以描述梦境为形式，实为爱情寓言。

是象征基督教式禁欲的女神狄安娜与象征异教式爱欲的女神维纳斯之间的斗争。当然,最后取得胜利的是异教式爱欲。——如此看来,虽然奈瓦尔将这本书的故事解释为纯洁之爱,可是这并不是属于基督教的内容,所以他的解释怎么看都是错的。《寻爱绮梦》的女主人公虽然乍看之下与但丁笔下的贝雅特丽齐、奈瓦尔笔下的奥雷利娅（Aurélia）相似,但是必须注意,作者在创作她们的形象时,拥有完全不同的精神基础。

我在前文提到,《寻爱绮梦》可以被称作关于古代世界的百科全书,这本书中包含炼金术、医学、草药学、建筑学、测量学、造园学、象形文字等等,如同一个广阔的知识宝库。但是我认为最有趣的地方还在于其中情色梦境所体现的象征学侧面。

分析梦、解释梦的相关理论从古埃及、古希腊时代开始发展,到科隆纳生活的十五、十六世纪,已有许多被称为"梦的钥匙"的迷信式解梦书籍出版。《寻爱绮梦》的作者当然没有亲自解释故事中的梦境。他只是讲述故事,为了让故事更丰富而使用各种古代知识。但是我坚信这个故事的上层构造建立在情色的基础之上。对于如今的一些掌握了和梦相关的深层心理学知识的人来说,他们十分熟悉的形象和符号序列等内容都在书中大量出现。荣格在《心理学与炼金术》中甚至引用了《寻爱绮梦》的一张插图,可以说这本书正是一本深层心理学的图解。

书中的形象和符号不时以古代秘法的形式展现，大家对这一点应该不会感到意外了。已经有许多学者做出解释，他们认为秘法传授与梦之间存在明显关系，形成梦的无意识过程与秘法传授有着共通的起源。而且，这些形象和符号不会在与其他事物毫无关联的情况下独立出现，它们前后一致地伴随着故事共同发展，从而使得作品愈加含有深意。

《寻爱绮梦》的主人公波利菲罗为对波利娅的爱情所困，就算将她的脸庞"刻在心底"，也无法打动她那冷酷的心，波利菲罗为此独自烦恼。在四月的某个夜晚，他因思念波利娅整夜未眠，到了早上终于进入梦乡，故事便从此开始。——其实根据荷马的说法与阿拉伯民间传说，天亮时做的梦最能够讲述真实；春季四月的新鲜树液拥有让梦变得像现实一样生动的特殊效果。

接下来，让我们和波利菲罗一起进入梦的世界吧。

*

首先出现的场景是春季的自然风景。波利菲罗站在鲜花盛开的绿色原野上，还有湛蓝的天空、明亮的太阳、舒适的微风。他在这悠闲的场景中漫步，但是他没有感到完全放松，因为这里不仅没有人影，就连飞禽走兽的身影都没有。当他终于来到并踏入"巨大阴暗的森林"的时候，突然有一阵恐怖袭来,让他心跳不已、脸色发青。因为这里长满了树木,甚至于遮天蔽日。——这片森林正是表现原始不安的森林,我们在中世纪末期的幻想文学或但丁的《神曲》等作品中可以看到这类主题。但是这个故事与《神曲》有些不同,因为波利菲罗并未立即坠入地狱。而且,虽然有一条喧闹的小河出现在波利菲罗面前,但这并不是通向冥界的阿刻戎河。

波利菲罗欣赏着美丽的小河,但是当他为了缓解口渴正要喝水的时候,不知从哪里传来了"奇妙的歌声",听到歌声后他立刻忘记了喉咙的干渴。他想寻找这非人的歌声是谁发出的,但是同时开始害怕,担心这妖异的歌声会不会对他施魔法,将他变得像奥德修斯的仆人一样。最后,他精疲力尽地瘫倒在地上,啜饮森林中潮湿草叶上的露水,只得如此略微缓解口渴。——根据《梦与性》的作者雷蒙·德·贝克(Raymond de Becker)的看法,中止喝小河里的水,转而将注意力放在歌声上的这一过程,意味着在普通的恋爱中因追求过高理想而产生的精神障碍;啜饮草上的露水是与幼儿期的哺乳记忆相关的、重新唤醒自恋情结的过程。

经历了如此种种,波利菲罗倒在一棵树下睡了一会儿,醒来之后发现自己被移动到了更舒适的地方。这里有覆盖着青草的山丘,还有药草丛生的牧场。突然,有"一匹嘴中叼着猎物的狼"跳了出来,他吓得汗毛倒竖,想高声尖叫,但是居然无法发出声音。这就是他经历的第二次恐怖。如果说第一次恐怖是属于阴暗森林的植物界的恐怖,那么这次就是属于动物界的恐怖,两者都是非人的事物。狼立刻跑进森林深处,波利菲罗睁开眼睛,发现在不远处矗立着一座古代建筑。金字塔形的塔上竖着一座方尖碑,那形象真是闻所未闻。

这座建筑的门顶上装饰有美杜莎恐怖的、张着嘴的头部浮雕,波利菲罗吓得迈不开双腿,但是他鼓足勇气穿过装饰着美杜莎之口的门,侵入空洞一般的金字塔的阴暗内部。此处有一座张开双翼的巨大天马雕像。它被称为"不幸之马",有几个裸体的小孩想要爬上马背,但是没有一人成功。这或许就象征着永远的失败。

波利菲罗此时听到仿佛病人呻吟一样的声音,低头一看,才发现有一座青铜巨像横躺在地上。恐怖驱使着他立刻从缝隙钻进巨像的身体,检查其身体内部的各个部分,特别是心脏和大脑。——毫无疑问,这座生病的巨像拥有生病的灵魂,它象征着波利菲罗自己。检查完巨像的身体内部,波利菲罗不知不觉地发现自己的心情似乎变好了些。接下来,他开始观赏一座用黑色石头雕刻的、背上载着方尖碑的大象雕塑。此外,他还遇到了许多奇怪的东西,在此不再赘述。

接下来,波利菲罗来到壮丽的"神秘仪式之门"前。这是一座古代风格的方形大门,波利菲罗心想,对于建

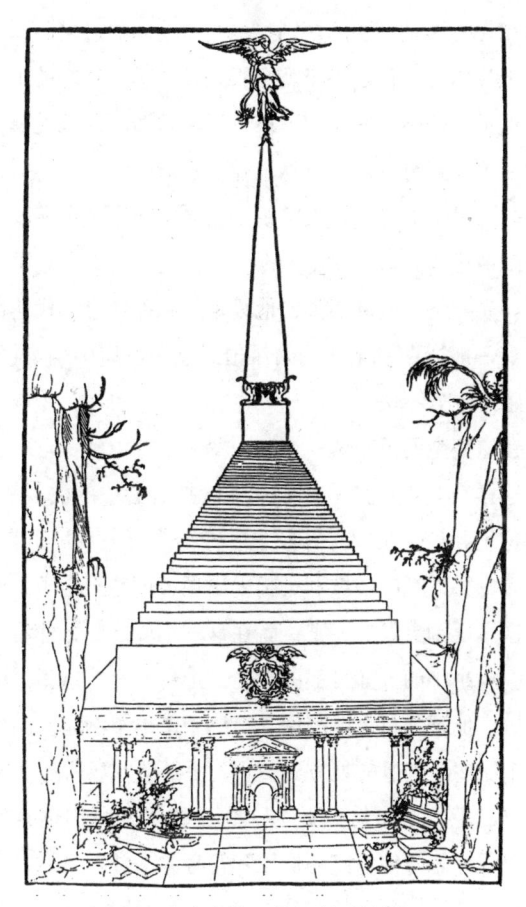

图 12　金字塔、方尖碑与美杜莎

筑家来说方形是必要的规则。他穿过这座遗迹之门,发现内部十分阴暗,每走一步就会听到骨头嘎吱作响的不祥声音,他不由得感到紧张。这声音越来越清晰,像是濒死的怪物在地上爬行的声音再加上蛇的咝咝吐信声。此时,突然有一只可怕的龙张开大嘴跳了出来,吓得波利菲罗慌忙逃跑。他避开龙口中喷出的毒气,但是却向着洞窟更深处前行。光芒终于全部消失,他只得靠触摸穿过如代达洛斯的迷宫一般弯曲复杂的阴暗小道。这个洞窟中蝙蝠群居,令人感到十分不快。

在这完全的黑暗中,波利菲罗终于意识到,自己可能就要这样在空虚中死去,永远无法拥有心中的波利娅了。想到这里,他不由得深深叹息,开始高呼波利娅的名字。但是无论如何喊叫,波利娅仍未出现,他甚至心想,可能死在这里反倒更好一些吧。就在这种绝境之中,他看到远处有一点小小的、如灯般的亮光。走近一看,这正是洞窟的出口。他感到自己能复活了,终于逃出了洞窟。洞窟外是一个比迄今去过的地方更美丽、更舒适的场所……

波利菲罗的试炼到此为止告一段落,我们也暂停一下,回顾并思考他遇到的形象和符号的深意。当然,这些内容还不到整体故事的十分之一,波利菲罗在此之后经历了各种曲折离奇的故事,但是我们无法继续跟随十六世纪的多明我会修道士编出来的无尽的空想故事前行了。不过,我们目前为止遇到的、像在梦中所见的数个拥有深意

图 13　庭园

的形象已经足够多了。这些形象分别是：鲜花盛开的绿色原野、阴暗森林、小河、奇妙歌声、狼、塔、方尖碑、有翅膀的马、巨像的体内之旅、门、龙、光点、狭窄的通道。

很明显，这些形象并不是作者有意识地创造的，它们本身没有任何寓意，但却无比符合梦中的现实，这很令人惊讶。阴暗森林、狼、龙，还有美杜莎，都代表着男性在女性面前的原始不安，这很容易理解。美杜莎是"可怕的母亲"，它是去势情结的象征；阴暗森林的混沌和狼的动物野蛮，都是追求对象的男性为了从无意识中解放出来而必须经历的对战敌手。回想一下，狼和龙都露出獠牙恐吓了波利菲罗。有翅膀的马和奇妙歌声是升华的符号，波利菲罗在它们面前都失败了。每当此时就会出现由塔和方尖碑表现的男根式的现实。波利菲罗将男根式的现实当作唯一的依靠，他必须穿越对存在感到彷徨的迷宫。众所周知，光点、洞窟、狭窄的通道、空洞等都是梦境的古老符号。这个故事的主题就是年轻男性寻找女性的现实，换句话说，是在自己的心中努力寻找女性的现实的过程。

波利菲罗如何发现女性的现实？我们需要再次与主人公一起潜入故事的梦中，再次追寻他的脚步。有趣的是，波利菲罗在发现女性现实之后，男根的形象便不再是作为符号的塔或者方尖碑，而变成了萨堤尔或者生殖之神普里阿普斯[①]的明显男根，这些形象不时在故事中出现。虽然有些对不起奈瓦尔，但是读到这里已经可以断言，这本书是讴歌异教式官能的故事，而非柏拉图式的对女性的思慕。

*

波利菲罗从洞窟中逃出来后，展现在他面前的是有小河、泉水和果树园的美丽土地。但是刚刚经历恐怖体验

---

① 普里阿普斯（Priapus），牲畜与蔬菜丰产之神，通常被描绘为有着巨大阴茎的夸张形象。

图 14　与五位宁芙一同洗浴

的他还没有心情享受这些。就算眼前出现了一群美丽的姑娘,他仍在不住颤抖。姑娘们嘲笑他胆小,但是得知他是一个为不幸的恋情感到烦恼的男性后,又转而对他产生了深深的同情。波利菲罗也因受到好心关怀,心情变得仿佛刚复活一般,官能的感觉苏醒并涌上心头。于是他和五位宁芙（五感的象征）一起全裸洗浴。每当他勃起，宁芙们就会笑。

接下来还有一连串的事件接连展开，但是这里无法逐一介绍，所以我挑几个自己最喜欢的片段吧。其中之一是这样的：

有一辆献给丘比特的马车，车门上装饰有七位宁芙在众神之王朱庇特面前起舞的图案。朱庇特右手拿着剑、左手握着雷火，庄严地站立在台上。不可思议的是，在他面前舞蹈的七位女孩的身体有一部分变成了植物。而且变成植物的过程有顺序，最左边的女孩的身体还被根紧紧地固定在大地上，手和脚都变成了树木的一部分，可是向右排列的女孩们渐渐脱离植物状态，变得越来越接近人类，只是头上生着枝叶。

图15　变成植物的女孩们

在此，我需要提示一下荣格派心理学家的意见：树没有意识，变成人的过程象征着从无意识中的解放。但是如果没有学者的解释，这幅画有哪些能触动我们情绪的美好内容呢？按照图像学的观点，这幅画的主题是被阿波罗追逐的达佛涅的变身过程，它从庞贝的壁画开始发展，被中世纪细密画继承，终于在风格主义和巴洛克时代得到蓬勃发展。在这里提醒一下，精神分析学中有"达佛涅情结"这个术语。对于女性而言，从无意识中解放出来意味着克服性冷淡。

《寻爱绮梦》的情节几乎完美地反映了我刚才叙述的内容。在故事的最后，波利菲罗遇到了恋人波利娅，尽管他曾经说过自己将她的面容"刻在心底"，可是他起初甚至没有认出她。这是因为波利娅向贞洁女神狄安娜献上了纯洁的誓言，如果想让她的爱情苏醒，必须借维纳斯之力唤醒她的冷酷的心。也就是说，波利菲罗需要帮助她克服达佛涅情结，即处女对于性爱感到畏惧的情感。因此，两人在维纳斯的寺院内学习过多次秘法，受领黄金苹果。此时，波利娅第一次舍弃狄安娜的禁欲，开始转向维纳斯的喜乐宗教。波利菲罗从心底里感到高兴，认为"经历悲伤就会迎来幸福"。

情色从无意识的黑暗中解放，在光天化日之下显出原形，它让两位恋人做出了许多大胆的行为。波利菲罗像巴洛克时代的纹章诗（Blason）作者一样称赞波利娅，说她的"乳房比苹果更圆",为她献上恋物癖的赞美。淫欲之神甚至"为了不遮蔽她的臀部,而将她的长头发"撩起,以此来满足波利菲罗。这些赞美肉体的内容不断重复,直到两人在丘比特的马车上系上花环,前往神圣的基西拉岛上的泉水前举行最后的仪式。

这最后的神圣婚姻仪式由露骨的象征主义构成。波利菲罗用黄金之箭射穿刺绣有"许门"(Hymen,婚姻之神,意味着婚姻或处女膜)字样的薄纱。起初是由波利娅尝试,但她却因"处女般的害羞"而失败了。接下来波利菲罗进行大胆尝试,成功地射穿薄纱。与此同时,爱的女神出现了,两人被带往"几乎没有意识的恍惚之境"。

于是女神维纳斯教授他们什么是爱,两人重新接受洗礼,将爱以外的"人类原本具有的感情净化",将肉体重新组合为原始的具有两性性征的状态,"两具肉体合为一体"。他们脱掉一直穿在身上的旧衣服,穿上意味着波利娅名字(在希腊语中,波利娅的意思是"纯白")的、纯白的丘尼卡(tunica)长衣,二人终于可以开始享受幸福的婚姻生活。《寻爱绮梦》的第一部大致就是以上内容,故事最终迎来大团圆结局。

在《寻爱绮梦》的第二部中,古代意象虽然没有完全消失,但是其内容比起神话世界更接近现实世界。内容大致是将同一个故事以其他形式再讲述一遍。特雷维索的少女波利娅身患黑死病,因此向狄安娜宣誓并进入修道院，开始冷淡地对待恋人。但是她因为乳母的意见而打破誓言，离开修道院。与此同时，波利菲罗认为自己被冷淡的女性抛弃了，于是在她的脚边死去。但是维纳斯和丘比特的力量使他复活，两人终于能够生活在一起。正当波利菲罗享受恋人的爱抚带来的绝顶欢乐时，他突然醒来了。恋人留下熏香，像烟一样消失了。"再见了，我的恋人波利菲罗啊……"他似乎听到了这句低语。他突然明白自己刚从梦中醒来，于是大喊："是啊，再见了，我的恋人波利娅！"

在这本书的扉页，作者弗朗西斯科·科隆纳写下了"世上的所有事物不过只是一场梦"这句话，在异端审判的暴风雨席卷的十五世纪末，写下这句话是很有必要的。诚如至今为止所见，这个故事中的情色部分全部被寓意包裹，虽然如此，但必须要说，在仍被基督教道德支配的十五世纪末期，这本书实在是非常大胆的。

据阿尔贝-马里·施密特的考证，作者科隆纳早在1467年5月就已经写完《寻爱绮梦》，直到出版为止的三十二年间，原稿一直被深藏于箧底。施密特认为他"无比谨慎"，这也许能成为一个理由；但是比起这一点，我认为是他对情色相关内容的担忧促使他这么做。他奉命在威尼斯的圣乔凡尼保罗修道院担任重要职务，才下定决心在阿尔杜斯那里首次出版自己的作品。他似乎在这座修道院度过了幸福的晚年，直到九十四岁与世长辞。

"由于经院哲学教育，从中世纪开始，基督教的知性产生分化，导致阿尼玛[①]回退到古代。"这是荣格的话。"文艺复兴提供了许多这种现象的例子，其中最明显的就是《寻爱绮梦》。在这部小说中，主人公波利菲罗在女王维纳斯的宫廷中遇到可称为阿尼玛的波利娅小姐，她没有被基督教的影响和性格所污染，而且作为阿尼玛，她本身拥有诸多的古代美德。"（摘自《心理学与炼金术》）

不必说，阿尼玛就是在男性梦境中出现的女性意象，是将男性中的女性心理倾向人格化的产物；是在他们与现实中的女性拥有现实关联之前可能在梦中出现的女性形象。这么说来，《寻爱绮梦》中的波利菲罗在遇到恋人波利娅之前，的确是已经将她的面容"刻在心底"了。比起对某个现实女性的记忆中的形象，波利娅的形象更接近观念中的女性形象；比起获取某种现实关系，不如说获取的是只有这种关系才能实现的、象征部分自我的符号。这个"部分自我"，正是所有亚当自身内部蕴含着的夏娃。

众所周知，这种阿尼玛会渐渐地在男性的无意识之中以恐怖、否定的姿态显现。波利菲罗遇到的美杜莎和宁芙们本就是自古以来在许多欧洲文学中出现的、带来危险作

[①] 阿尼玛（anima），指女性原型意象。

用的阿尼玛的最典型形象。

《寻爱绮梦》实实在在地描写了这样的过程：波利菲罗接连克服这些危险的阿尼玛的诱惑，终于在最后发现最适合自己的、现实女性中的终极阿尼玛。荣格将《寻爱绮梦》与赖德·哈格德[①]的《她》、皮埃尔·伯努瓦[②]的《亚特兰蒂斯》、歌德的《浮士德》等并称为最优秀的"阿尼玛小说"，其理由恐怕就是这一点，这也是我格外喜爱这部十五世纪小说的理由。

弗朗切斯科·科隆纳由于内心的和谐，得以度过和平的一生。可是《奥雷利娅》的作者奈瓦尔却因人格缺乏均衡，一路走向启示录式的毁灭结局。也许奈瓦尔是被阿尼玛毁灭的吧。不过，思考导致奈瓦尔的悲剧的心理学原因并不是我该做的。

---

① 赖德·哈格德（Henry Rider Haggard，1856—1925），英国冒险小说家。
② 皮埃尔·伯努瓦（Pierre Benoit，1886—1962），法国小说家、剧作家，法兰西学术院成员。

几何学与情色

幾何学とエロス

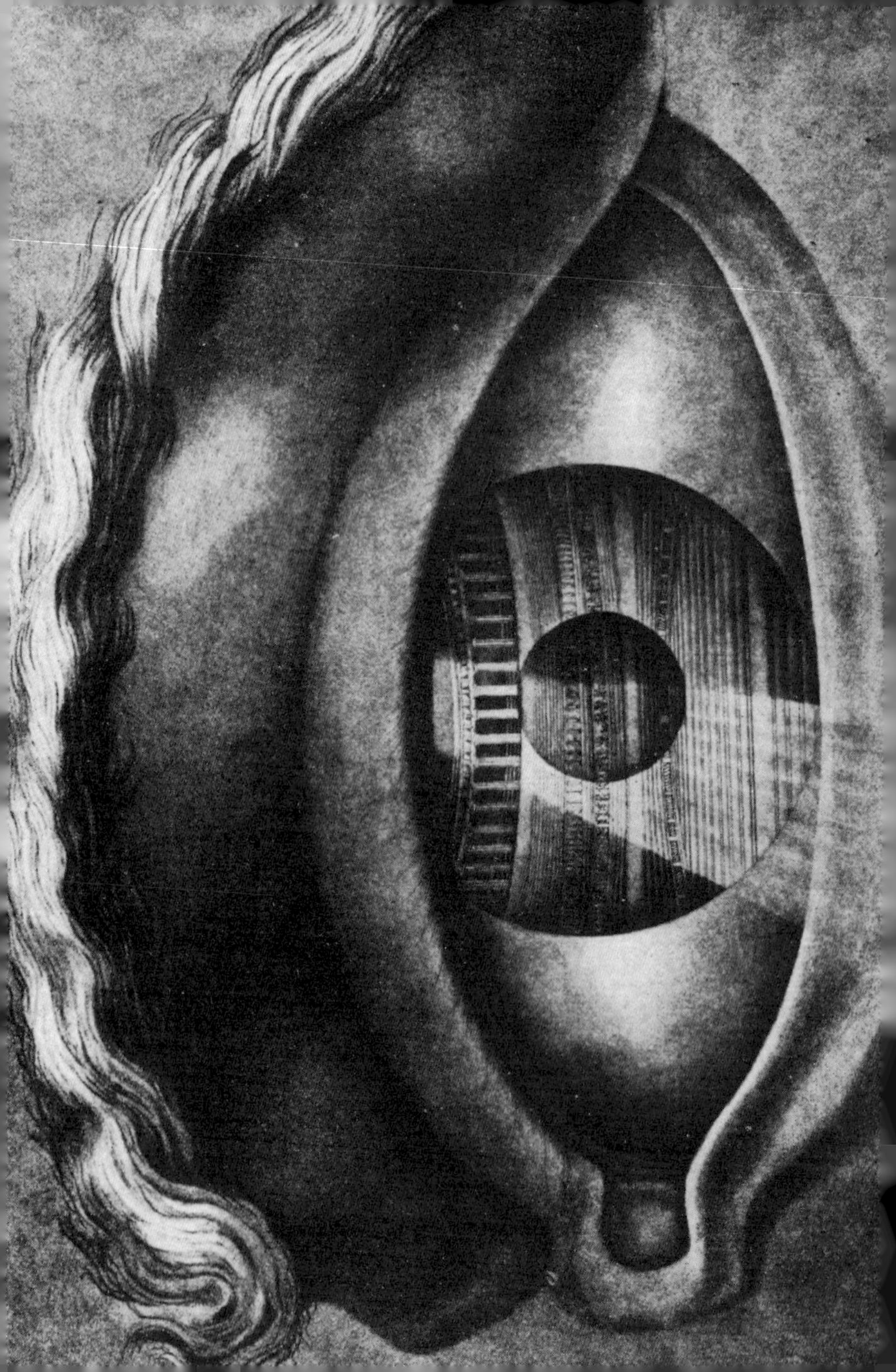

"在遵循最严密的几何学法则的地方与灵魂或感觉凶猛发狂的无秩序状态之间,可以看到奇妙的亲近性,它在斗牛场、列奥纳多·达·芬奇设计的理想的妓院等形象之中表现得十分典型。"这是我喜欢的现代法国小说家皮耶尔·德·芒迪亚格的话。(引自评论集《月晷》中的《巴勒莫的舞会》)

被透明的秩序支配的几何学空间,与在其中展开的暴力和爱欲交织的残酷故事,可以说这一主题正诠释了芒迪亚格所描写的独特世界。说真心话,我非常喜欢这种形象,其程度不亚于任何人。它将古典主义式的几何学的抽象性,与巴洛克式的白热化情感结合在了一起,而库萨的尼古拉[①]所谓的"相反事物的一致"这种形象中,则隐藏

---

① 库萨的尼古拉(Nikolaus von Cusa,1401—1464),文艺复兴时期神圣罗马帝国神学家。

着强烈呼唤我们美学嗜好的某种东西。请你将它想象成内部有烈火熊熊燃烧的、像玻璃一样的冰冷结晶体；或者想象成杀戮与流血的狂热及兴奋即将在内部爆发的、像圆形剧场一样巨大的石造建筑物。

孤陋寡闻的我虽然不知道达·芬奇究竟有没有像芒迪亚格说的那样画过理想妓院的设计图，但是据安德烈·沙泰尔[①]等艺术史家的考证，以达·芬奇这位智慧的好奇心的化身为首，许多被透视法之魔附身的文艺复兴时期的艺术家，都曾经热衷于在纸面上和现实中制造他们心中的理想都市和空想建筑。沙泰尔在其著名作品《豪华者洛伦佐时代的佛罗伦萨艺术与人文主义的发展》中提到："文艺复兴的一大悖论是，古希腊的科学知识使得人们的宇宙观念被改变，但是后来这类科学知识被证实是错误的。"实际上，看看安东尼奥·阿韦利诺（Antonio Averlino）、圣加洛（Giuliano da Sangallo）、弗朗切斯科·迪乔治（Francesco di Giorgio Martini）等当时的建筑家们设计的圆形、方形、八角形的对称都市设计图和要塞设计图，就可以发现他们简直倒退回了认为几何学有神圣性质的柏拉图立体时代。就算是哥白尼，也想像柏拉图和毕达哥拉斯一样将圆周运动归结到球形的地球身上。所以，这些艺术家和工匠回溯古希腊的黄金时代一点都不奇怪。

---

① 安德烈·沙泰尔（André Chastel，1912—1990），法国艺术史家。

但有趣的是，在这种情况下，艺术家们设计的文艺复兴时期理想都市的几何学空间也是祭祀的空间。我在这篇文章的开头提到了芒迪亚格的论点，也就是"几何学空间"与"感觉的狂乱"相结合的论点，在十五世纪和十六世纪的特异都市文化时代，它不仅存在于圆形剧场和妓院，也可以存在于一个都市的广场。

在让·雅克编纂的论文集《文艺复兴的祭祀》中，有沙泰尔写的如下内容："祭祀没有特别的场所，祭祀空间是变形成为舞台装置的城市道路、广场和庭院等的日常空间。祭祀空间是为了暂时适应环境而出现的，它完全是**架空**的事物。所以，我们无法从外部或者内部定义它。""十六世纪的祭祀中普遍导入了适合它的舞台装置，可以说是对城市的变形。一个典型的例子是1515年教宗利奥十世进入佛罗伦萨的入城仪式，它完全遵照一定的象征体系，并以此为特征建造了各种临时建筑、拱门、金字塔等等。在1513年朱利亚诺·德·美第奇的卡皮托利欧欢迎会上，已经出现了纪念碑等夸张的、有特别含义的建筑。"

我们可以通过当时的法国宫廷画家、奇异的风格主义者、枫丹白露画派的安托万·卡龙（Antoine Caron）的诸多画作和素描，一窥文艺复兴时期的祭祀有多么豪华。这里有许多令人大开眼界的纪念碑群，其中有巨大的大象形状的旋转木马，这些木马毫无疑问是为了满足当时的异国风情而设置的。卡龙其实是经常在枫丹白露宫举办的王室祭祀中任职的优秀设计师。在此一提，以风格独特为人所知的风格主义画家阿尔钦博托，曾担任布拉格的哈布斯堡家族的宫廷画家。他曾像卡龙一样设计了各种演出和祭祀的表演内容，同样也发明了旋转木马。旋转木马不就是匀速运动的圆形建筑吗？确实如沙泰尔所言，"文艺复兴时期的祭祀与风格主义精神之间，有极深的一致性"。

为了寻找能够证明芒迪亚格的论点有效性的例子，我首先讲述了文艺复兴时期的几何学都市与祭祀的关系，但是这个论点不一定需要都市这么宽广的空间。荣格的弟子安妮拉·贾菲（Aniela Jaffe）注意到，中世纪的都市按照曼荼罗式的规划建造。曼荼罗本就是世界的缩影、几何学的投影，是一种宇宙图；就像印度的密续派（Tantras）的做法一样，信徒在地面上用彩色粉末画曼荼罗图案，在其上进行男女交合的秘密仪式（Maithuna）。它的规模虽小，但可以从中看出"几何学空间"与"感觉的狂乱"之间的一致性。

魔法和炼金术的仪式过程与密续派一样运用了几何学图案，恐怕无论是在欧洲，还是在非洲、南美的古老民族之中，都能找到无数例子。例如，我们时常会在书籍的插图中看到大名鼎鼎的浮士德博士、英国伊丽莎白王朝时期的魔法师约翰·迪伊（John Dee）博士等人为了召唤出恶魔和死灵，在地上绘制除魔图案，或者进入五芒星阵中。在伏都教的仪式场所中也有用白墨绘制的、象征蛇的美丽圆形宇宙图，它与曼荼罗很像。

炼金术的目的就是将几何图形式的象征主义抽取出来，这是毫无异议的。"哲学之卵"和"化学婚礼"这些炼金术特有的象征，与在密封的、严格按照几何学法则构筑的场所中让灵魂和物质产生根本变化有关。瓦伦丁·安德烈埃（Johann Valentin Andreae）曾经写过象征炼金术的《化学婚姻》一书，他也是十七世纪德国唯一的乌托邦小说《基督城》的作者，这是一种暗示。

接下来，我想在十八世纪法国的奇特乌托邦建筑家的想象力中，寻找能够满足芒迪亚格的论点的事物。

*

法国建筑家克洛德·尼古拉·勒杜（Claude Nicolas Ledoux）生于1736年，比萨德侯爵早四年出生。人们称他为"被诅咒的建筑家"，但是在我看来，他确实可以成为传说中绘制"理想的妓院设计图"的达·芬奇的后继者。

勒杜之所以被称为"被诅咒的建筑家"，是因为他在钢筋混凝土还没有发明的时候，设计了当时的建筑技术几乎不可能实现的、完全以球体作为基础形状的建筑和

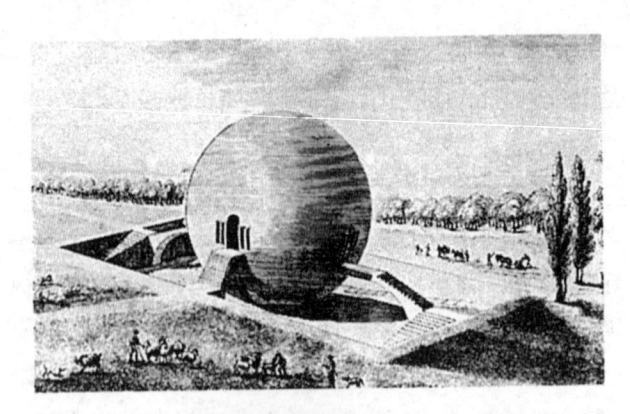

图 16　耕地监视人之家（上）　建筑截面图（下）

横躺着的圆筒形建筑。在他一生中最幸福的时候，他作为波旁王朝的宫廷建筑师，在路易十五世的情妇杜巴利伯爵夫人（Madame du Barry）的保护下，拥有了建造许多不算非常奇怪的普通建筑的机会。我认为"被诅咒的建筑家"这个称呼并不贴切。但是从其早期作品中，确实看得出他有偏爱立方体、圆柱体等纯粹的几何学形态的倾向。

在埃米尔·考夫曼[①]发表见解之后，将勒杜视为"理性时代的建筑家""近代建筑的先驱者""以未来为志向的功能主义式思考第一人"的观点已经普及，但是我却嗤之以鼻，认为这些观点极为世俗。勒杜沉迷于卢梭思想，他是一位与夏尔·傅立叶[②]拥有相似气质的乌托邦主义者，但是他只关注过去。这也许就像当时属于政治激进派的雅各宾派领袖们憧憬罗马帝政一样。他们都是"反动"的，此处的"反动"不是近代政治学中的含义，而是字面意思。勒杜也向往着古希腊、古罗马的世界。对于他来说，古代建筑的复兴者安德烈亚·帕拉迪奥[③]、朱利奥·罗马诺[④]、皮拉内西等人就是众神。姑且不谈功能主义这个词本身的准确性，那种风行于二十世纪的所谓功能主义建筑的信徒们将勒杜作为祖先祭祀的传说，也只是基于误解而产生的谣言罢了。

勒杜似乎在追求纯粹的几何学形态，但是他在某一

[①] 埃米尔·考夫曼（Emil Kaufmann，1891—1953），奥地利艺术与建筑史家，以新古典主义方向的研究而著名。
[②] 夏尔·傅立叶（Charles Fourier，1772—1837），法国哲学家、极具影响力的早期社会主义思想家、空想社会主义奠基人之一。
[③] 安德烈亚·帕拉迪奥（Andrea Palladio，1508—1580），文艺复兴时期北意大利杰出的建筑师。
[④] 朱利奥·罗马诺（Giulio Romano，1492或1499—1546），又称朱利奥·皮皮（Giulio Pippi），文艺复兴晚期的意大利画家、建筑师，拉斐尔的学生，风格主义的发起者之一。

点上完全暴露了自己的巴洛克气质。他计划在距离贝桑松城区不远的绍森林（Forêt de Chaux）中的阿尔克-塞南，以皇家盐场为中心，建造圆形的理想都市，但是最终只建成了一部分建筑，计划便告夭折。这个理想都市的入口留存至今，大门前面竖着六根多立克柱式的圆柱，内部是人工洞穴。此外，盐场的墙壁上装饰着从壶中满溢而出、凝固成形的盐的图案。这些图案是用石头雕刻出来的，简直就像高迪设计的教堂装饰一样栩栩如生。虽然那时被称为理性的时代、失去反讽之力的贫血时代，但是勒杜仍平静地向我们展示出纯粹的几何学与巴洛克的统一体。

艺术史家路易·雷奥（Louis Réau）将勒杜的那些由大量圆柱、柱廊、搏风板、三角形、立方体和球形构成的、放荡的纯粹几何学建筑露骨地称呼为"建筑的畸形学"。我认为这证明了纯粹几何学如果超越限度就会成为巴洛克。但是勒杜在1780年左右梦想在莫佩尔蒂（Maupertuis）的原野上建造的"耕地监视人之家"，是一个完全的球体，按照汉斯·泽德尔迈尔[①]的说法，它是"一艘宇宙飞船着陆后只与大地在一点相接、在一侧打开舰桥的形状"。他还提到，"选择这种形状并非出于建筑的功能，实际上，这个建筑整体的设计都给人

---

① 汉斯·泽德尔迈尔（Hans Sedlmayr，1896—1984），奥地利艺术史家。

一种发狂的感觉"。完全牺牲实用性、将建筑与几何学平等对待的建筑家，除了勒杜，还有同时代的艾蒂安-路易·布雷（Étienne-Louis Boullée）、莱昂·沃杜瓦耶（Léon Vaudoyer）、让-雅克·勒克（Jean-Jacques Lequeu）等人，他们被一概称作"收获月"①建筑家。

除非建筑家将这种否认把大地作为地基的反建筑式建筑作为某种理念的从属品，否则那就是"即将发狂"的愚昧行为。至少在混凝土和使房屋架空的重型柱得到运用以前，是可以这么说的。据说俄国神秘主义作曲家斯克里亚宾（Alexander Scriabin）梦想在印度建造的也是这种半球体反建筑式建筑。因为在斯克里亚宾的理念之中，神智学要为全世界带来救赎。后来，俄国的未来派建筑家们设计了形似穹顶的悬吊结构球体建筑，可以看作是俄国革命后的社会变革理念的体现。

1771年，勒杜被任命为皇家盐场的总建筑设计师。盐场位于距瑞士边境不远的汝拉山山麓、绍森林的一角。汝拉山脉的山麓一带涌出了世界上盐分最多的泉水。可是勒杜不满足于仅在这里设置盐场，他还想建造一大理想都市，并绘制了设计图，其中包括神殿、教堂、学校、劳动者住宅、银行、交易所、市场、医院、墓地、隐居所等等，甚至还有公共浴场、赌场、妓院。这个不合理的计划

---

① 收获月（Messidor），即法国共和历的10月，相当于公历6月19日到7月18日。

图 17 绍的理想都市

当然被当时旧制度下的官员们看作疯狂行为。"工厂地带为什么要建造圆柱的古代风格神殿和公共浴场?"而一直在勒杜背后支持他的杜巴利伯爵夫人则压制住了这些反对意见,说服官员同意让勒杜负责建筑工程。工程从1775年开始,一直进行到1779年中断。大概就是法国大革命的十年前吧。

如今,在幸免于难的绍的理想都市中,已完成的建筑有位于圆形蓝图中间位置的"管理人之家"、两座盐场、入口大门、"秘书之家"、"劳动者之家"、"制桶人之家"、"马蹄铁工人之家"。从整体蓝图来看,只能算完成了很小的一部分。入口的洞窟内壁象征着岩盐凝固成的块状结晶。我在前文提到过,两座盐场的墙上也有象征着凝固的盐的装饰。可以说"一切全都由独特的象征主义支配"是勒杜的理想都市的特征。

小说家皮埃尔·加斯卡(Pierre Gascar)曾经在作品《客迈拉》中如此论述勒杜:"勒杜的盐场有对仪式的强烈诱惑。古代神政[①]文明正是在此展现特征,同时表现出对形式和表象的回归。与他同时代的建筑家们希望将在学校学习过的笨重的罗马风格复活;但是勒杜却向着埃及、迦勒底、墨西哥、印度秘教的方向发展,希望从三角形、梯形、菱形和角锥台等秘传式几何学中寻求帮助。"

---

① 即神权政治,统治者作为神或神的代理人而宣扬其统治的正确性,并进行统治的政治形态。

我在这里想起了根据卡巴拉①秘教的象征体系,实行"太阳城"都市计划的文艺复兴时期乌托邦主义者托马索·康帕内拉②。不过,康帕内拉的"太阳城"由几层同心圆形城墙紧紧包围,而勒杜的绍森林的蓝图虽然也是同心圆,却近似开放的田园都市。勒杜似乎同时受到了卢梭《爱弥儿》和共济会思想的影响,可以看出在这种自给自足的共同体(phalanstère)中,明显有夏尔·傅立叶留下的踪迹。勒杜在离世的两年前,也就是1804年,向俄国皇帝亚历山大一世献上了《美术、风俗及法律视点下的建筑》,这是一本绝大部分由版画构成的建筑书籍。其中有如下段落,值得一读:

"我正在为与建筑没有任何关系的问题感到彷徨。但是,与建筑没有关系的事物究竟是什么?有这样的东西吗?道德、法律、宗教等等,都是建筑的原动力啊。无论建筑家在哪里,都可以发现纯化的社会组织中的美好事物。"——勒杜的研究家伊凡·克里斯特(Yvan Christ)为了与萨德的《闺房哲学》进行对比,将这本奔放奇特的建筑哲学书籍命名为《工房哲学》,这确实是一个有趣的着眼点。这本书里没有提到任何建筑技术,只是在讲作者的乌托邦理想,以及有些孩子气的、充满纯真的产业颂歌

---

① 卡巴拉,犹太神秘主义中的一个思想流派。
② 托马索·康帕内拉(Tommaso Campanella,1568—1639),意大利多明我会修士、哲学家、神学家、占星学家、诗人。

与充满预言气质的萨德式理想。当然,这里提到的萨德是歌颂美德的萨德。

既然提到萨德了,那么接下来让我们将话题转向勒杜在绍森林的理想都市中设计的"快乐之家"吧。

*

首先从设计图开始讲吧。"快乐之家"的整体设计图是每边长二百米的正方形,正方形的四角上有四个边长三十米的小正方形。最重要的部分是设计在大正方形内侧的圆形回廊。这个回廊的外侧排列着十二个长方形的房间(相当于希腊建筑的迈加隆[①]室),它们以同等间隔呈放射状排列。俯瞰回廊的内侧,可以看到状如阳具的柱廊。有两个"睾丸",左侧的是食堂,右侧的是自助餐厅。位于龟头部分的空间是沙龙。古罗马的战神广场(Campus Martius)上曾经存在有类似特征的柱廊,也许勒杜就是模仿了它。

我在观看这象征着阳具的、奇怪的"快乐之家"的平面图时,不由得想起萨德小说中出现的场景——旧制度下的放荡贵公子拥有的血淋淋的拷问房间。以放射状排列

---

① 迈加隆(megaron),源于希腊语,原本是指有内部四根柱子,中间还有一个炉位的房间。广而推之,也可以用来称呼任何长方形的、在短的一侧开有出入口、里面有一串房间的建筑物,其中位居最内部的房间设有立柱和炉位,上方穹顶正中开口作为通风口。

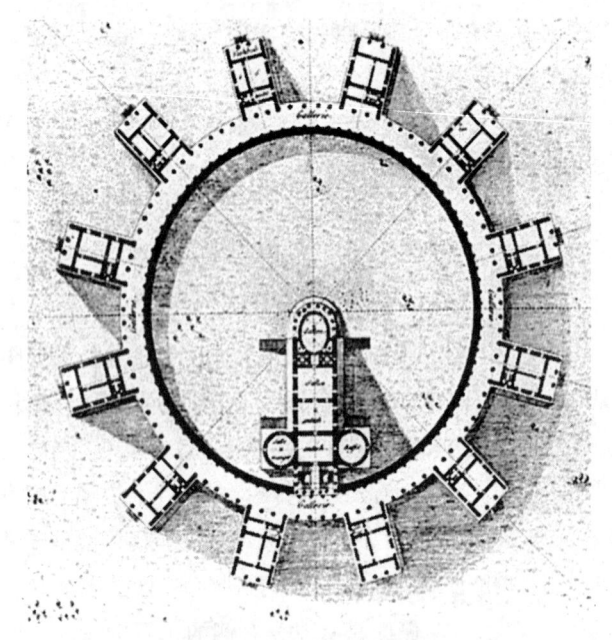

图 18 "快乐之家"的平面图

的十二个房间简直就像是《恶德的荣光》中的集体的性的盛宴。在性的盛宴结束之后，紧随着在食堂举办的美食盛宴，或者是在沙龙举办的哲学讨论会。这就是将设备都准备齐全的"快乐之家"……

可是不能急着下定论。这不是恶德的理想都市，而是美德的理想都市，是为了"纯化社会组织"而画出的平面图。勒杜如此说明："炫耀恶德，可以促使善将离开正道的人带回原路。"看来对于勒杜来说，"快乐之家"

是一个让人全心全意体会恶德，从而回归美德的机构。恶德在"快乐之家"中恐怕并不是大家一味排斥的品质。如果是这样，那么这里肯定会聚集起萨德笔下的那类浪荡子吧。

在我看来，很难说勒杜的"快乐之家"思想究竟属于美德还是恶德，它恐怕是处于萨德和傅立叶的思想接点上的。勒杜认为美德和恶德相辅相成，一方会帮助另一方。这与傅立叶的情感引力、无差别的普遍的情色主义，也就是"爱"这一"情感中枢的起源"相去甚远，但其实勒杜是想要在"快乐之家"有限的环境中尝试进行性爱实验吧。这个有限的环境当然就是芒迪亚格笔下的"严格按照几何学法则构筑的场所"了。

*

我认为从希波达莫斯[①]到柯布西耶[②]的乌托邦主义建筑师，都是被"环境决定意识"这一信念附体的人。

在理想都市的几何学空间中，人们的美德和恶德不再有区别，它们都变成了献给"感觉的错乱"（也可以说

---

① 希波达莫斯（Hippodamus of Miletus，前498—前408），古希腊建筑师、城市规划师、医生、数学家、气象学家和哲学家，被尊为"欧洲城市规划之父"。
② 柯布西耶（Le Corbusier，1887—1965），具有国际影响力的瑞士建筑师和城市规划师，功能主义建筑大师。

是快乐）的善的事物。都市的形态、社会的形态和人类意识的形态在这里呈现出相似性。也就是说，在完全遵从几何学法则的城市道路、住房、纪念碑、公共广场中，社会和人的意识都变成了几何学式的完整形态，就连妓院也一样！

我之前提到，在观看文艺复兴时期建筑师们绘制的对称都市设计图和要塞设计图时，感觉他们似乎已经承认了几何学拥有神圣的性质。对他们来说，几何学正是一种自动矫正人类恶德的存在，也可说是人类理性的精髓。

柏拉图、托马斯·莫尔爵士[①]、傅立叶这些人对几何学的"环境决定意识"的信念从未改变。勒杜的"快乐之家"或许也是值得从乌托邦建筑传统的角度观察的事物。

*

勒杜在晚年遭遇了职业困难与家庭不幸，非常凄惨。在1792年，他的妻子离世；第二年，他的长女离世。在法国大革命期间，他曾经的王室建筑师身份为他招来灾祸，他被关进监狱，生活困苦。这一燃烧着自由理想的

---

① 托马斯·莫尔（Thomas More，1478—1535），英格兰政治家、作家、哲学家与空想社会主义者，北方文艺复兴的代表人物之一，以其名著《乌托邦》而闻名。

乌托邦建筑师被现实革命背叛的过程，与旧制度贵族萨德侯爵的经历完全相同。勒杜最终于1806年离世，享年七十岁。

在此之前的1782年，勒杜被政府要求为巴黎设置几个主要城门，建造入市税交税所。此时勒杜提出的设计仍然是不符合时代要求的异样设计，不可能不受到世间的非难与嘲笑。怎么可能会有几乎没有窗子，却有圆柱、搏风板和浮雕，像伊特鲁里亚神殿一样的入市税交税所呢？政府因受到舆论压力而下令调查，因此勒杜的建筑师职务在1787年被暂停。在第二年，勒杜在财政总监卡洛纳子爵的帮助下恢复职位，但是1789年7月巴黎市民发生暴动，他在三个月后受到了彻底的免职处分。

就像巴士底狱被攻占一样，勒杜建的几座入市税交税所也被巴黎的暴民破坏、放火、摧毁。也是在这个时候，萨德侯爵丢失了《索多玛120天》的原稿，为此"不得不流下血泪"[1]。乌托邦建筑师和监狱文学家虽然是自由与变革的朋友，但是他们只因为受到旧秩序带来的恩惠而接连被攻击、被迫害，只能说这就是残酷革命的悖论。

勒杜的苦心之作——巴黎的入市税交税所，到了第二帝国时代初期还剩下十三座；但是到了1860年，因奥

---

[1] 涩泽龙彦的《萨德侯爵的生涯》一书提到，萨德在丢失原稿后，曾表示："在我失去的原稿中，倾注着我的血泪！"

斯曼①男爵害怕无产阶级的路障战术，在他主持巴黎改造计划时，交税所被当权者完全破坏。现在仅有四座尚存于世。

---

① 奥斯曼（Georges-Eugène Haussmann，1809—1891），法国城市规划师，曾任塞纳省省长，因获拿破仑三世重用，主持了1853年至1870年的巴黎城市规划而闻名。

关于宇宙卵

宇宙卵について

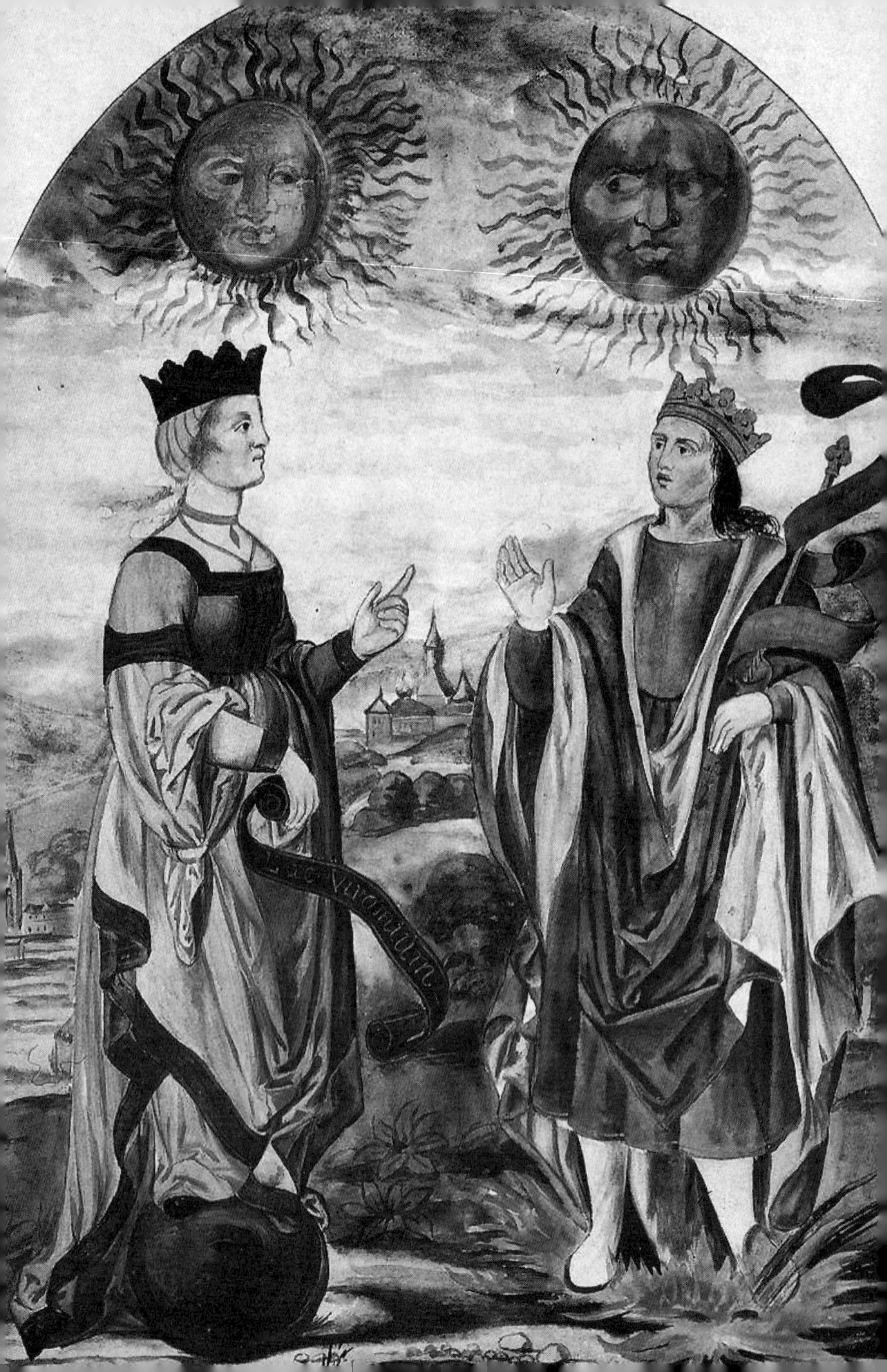

当观看皮耶罗·德拉·弗朗切斯卡①最后的作品《蒙泰费尔特罗祭坛画》(现藏于米兰布雷拉美术馆)时,我们可以看到双膝载着年幼基督的美丽圣母,她双手合十,头顶上有一颗用一根丝线从贝壳形天花板上吊下来的白色鸵鸟蛋,它左右完全对称,这令我十分在意。我无法找到比喻来形容这颗蛋所唤起的神秘情感。一个飘在空中的蛋,它明显是与圣母等价的神圣物体,皮耶罗通过他最喜欢的透视法表现了世界的和谐,这种和谐是否就是像这样,由这颗蛋放射出来的呢?如果有这样的感觉就足够了。

---

① 皮耶罗·德拉·弗朗切斯卡(Piero della Francesca,约1415—1492),意大利文艺复兴早期画家,也被同时代人视为数学家和几何学家。

图 19　皮耶罗·德拉·弗朗切斯卡《蒙泰费尔特罗祭坛画》

皮耶罗可能是意大利十五世纪（Quattrocento）[①]出生的最令人惊讶的神秘画家了。他的画作中满溢着奇妙的静谧气氛，充满令人窒息的神秘感，但是没有任何奇怪之处。这是因为在几何学的支配下，空间被石化，时间的流逝停止了。从这个只被空间构造支配的、时间冻结的世界中，散发出了神秘的光芒。飘浮在空中的蛋，也许就是散发出这看不见的神秘光芒的光源吧。皮耶罗受保罗·乌切洛[②]的影响，专注于透视法的研究，他可能明确地把握了这种几何学和神秘之间的关联，其明确程度，现在的我们远远无法想象。

圣母的头上悬着一颗蛋，无须多言，该意象在这幅画中意味着处女怀胎这种传统寓意。但鸵鸟蛋是被抛弃在沙漠中、靠太阳的热量自然孵化的，从这层意思看来，在中世纪基督教的传统中，它也是由处女怀胎而生的幼子基督的象征符号。尤其是希腊的教会中有在祭坛上面挂鸵鸟蛋的习惯。但是说到文艺复兴时期的象征，除去上述这些传统寓意，蛋还拥有其他含义，也就是作为世界缩影的宇宙卵（或世界卵）。

安德烈·沙泰尔曾经写过："卵的球形（或者说无限

[①] Quattrocento，意大利语"四百"的意思，特指1400年至1499年涵盖中世纪晚期、文艺复兴早期和文艺复兴全盛期开端的艺术时期。
[②] 保罗·乌切洛（Paolo Uccello，1397—1475），文艺复兴初期佛罗伦萨画家和数学家，以其在艺术透视方面的开创性而闻名。

接近球形）构造，意味着一种有规则的、无限扩张的奇迹。也就是说，构成卵的原料的多样性，不仅意味着密度不同的成分的平衡，还意味着孵化的可能性。在所有可见之处都受到限制和禁锢的秩序之中，它展现出了无限生存着的能量。倘若想要去接近含有宇宙色彩的神秘，可以说，我们必须通过这二者中的一方，才能解读另一方。为什么呢？因为在极限之中，我们所见的世界全部是象征符号。"（引用自《豪华者洛伦佐时代的佛罗伦萨艺术与人文主义的发展》）

皮耶罗笔下的卵之所以给我们带来不可思议的感动，就是因为刚才引用的沙泰尔的文章所说的，卵自身是一个坚固的秩序，也是一个包裹着潜在能量的事物。卵就是一个包含着混沌的宇宙。

我再引用一段出色的文章，它来自儒勒·米什莱的《鸟》："卵的形状最容易理解，是最美丽的椭圆形，它的形状使得它在面对外部的攻击时，不会显露出丝毫破绽，它是一个完整的小世界，不会被剥夺任何事物，也不会被强加任何事物，可以将它看作一种拥有全方位和谐的存在。几乎没有无机物拥有如此完整的形态。这种脆弱的外观下，隐藏着生命的高度秘密和某种由神完成的作品。"这段文字论述了卵的有机之美，可能没有比它更为简明而精准的说法了。再次强调，卵就是包含着生命秘密的一种秩序。

因此，皮耶罗笔下的卵几乎处于画面的中心位置，并且放出那般神秘的光芒。我们可以将其视作与过去的宇宙卵性质相同的事物。那么，就先暂且不提皮耶罗的画，讨论一下与世界的存在同样古老的宇宙卵的神话吧。

*

卵内有胚胎，胚胎产生世界——这是以卵进行说明的宇宙起源神话，无论是在凯尔特、希腊、埃及、腓尼基、印度、越南、中国，还是西伯利亚和印度尼西亚，这种神话几乎得到了世界上所有民族的承认，可以说是最普遍的象征神话。日本《古事记》的伊邪那岐、伊邪那美神话中出现了"如苇草的嫩芽般萌出生长之物"，据米尔恰·埃利亚德的观点，这就是宇宙卵的一个典型。的确，《日本书纪》中有"浑沌如鸡子，溟涬而含牙"一语，这确实是卵的形象。按照折口信夫的说法，这个开辟天地的神话的日本版"沿用了中国历史的**技法**"，并且引用了《淮南子》和《三五历纪》的文章进行说明，在当今这可能已经众所周知。

据说俄耳甫斯教的起源在东方，这个宗教的宇宙起源论中提到，柯罗诺斯（Chronos，时间）产出了埃忒尔（Aether，大气）和卡俄斯（Chaos，混沌），卡俄斯产出了银卵，这颗卵生出了拥有两性性征的法涅斯（Phanes，等同于厄洛斯，即欲望），他又名原始神（Protogonus，初生者）。这个过程不仅 J. E. 哈里森[①]曾经强调过，公元前四世纪的希腊哲学家欧德摩斯（Eudemus of Rhodes）也提到过类似的腓尼基的宇宙起源论，而且，以赫西俄德的《神谱》为代表的希腊最古老的神祇系谱学中也有类似内容。这么说来，阿里斯托芬的喜剧《鸟》中也有如下情节：有一颗蛋从黑暗的夜晚中生出，这颗蛋孵化出了拥有黄金翅膀的厄洛斯。

我再举几个例子。在古代印度的梵书文献之一《百道梵书》（*Shatapatha Brahmana*）之中曾提到，最伟大的神、万物之主生主（Prajāpati）从原初之水产出的一个黄金卵（金胎）中出生。在《梨俱吠陀》中，记录了具备相同性质的神——哈朗亚格嘎（Hiranyagarbha，金胎子）的歌曲。《密续体式》（*Tantra Asana*）的作者阿吉特·慕克吉（Ajit Mookerjee）认为，由第一因[②]形成的哈朗亚格嘎，是"原初之水上漂浮的宇宙卵，这颗卵一分为二，形成了宇宙的二十一个分层。有一些印度哲学流派相信，现象世界的本质是原质（Prakrti）。《密续的创造本质》（*Prapañcasāra Tantra*）中提到，原质作为声音让梵天之卵

[①] J. E. 哈里森（Jane Ellen Harrison，1850—1928），英国古典学家、语言学家。
[②] 第一因，指"梵我"（Svayambhu）。

受孕。这个声音——也就是至教量①，创造、维持、破坏形态，并导致震动发生"。可以认为，无论是哈朗亚格嘎还是梵天之卵，它们其实同样都是宇宙卵。

在埃及的赫尔摩波利斯（Hermopolis）系神话中，有许多神话的变体展示了宇宙卵这一主题。据其中之一所称，人类的守护女神 Qerhet② 就意味着原始之卵。伟大的原初白莲位于三角洲的泥土里，其花朵在凌晨时盛开，它在其他传说中也扮演了和宇宙卵一样的角色。

最有名的是在芬兰的叙事诗《卡勒瓦拉》（*Kalevala*）中出现的处女（水之女神）的故事。这位处女在原初之海中漂浮了七百年，当她将膝盖露出海面时，有一只鸭子飞来在她膝盖上筑巢。鸭子最终生下六个金蛋，还有最后一个铁蛋。因为处女动了，这些蛋便落入海中摔碎，它们的碎片变成了大地、天空和日月星辰……

米尔恰·埃利亚德认为卵是"全体性的形象"（见"东方起源"丛书《世界的诞生》的卷末论文），人们一般认为它是组织的最初原理，是诞生自混沌的东西。卵最终分化成两个部分，生出天与地、昼与夜、太阳与月亮、火与水、男性与女性等相互对立的事物。也就是说，这就是双性（Androgynos）的两极分化作用。如果用胚胎学类推，那么它就是细胞分裂。我之前提到过，印度的梵天之

---

① 至教量，意为值得信赖的人的话，又称圣教量。
② 蛇之女神，也是下埃及的八个州（nome）的守护神。

卵分成了金银两个半球。勒达产下的两个卵，各自孵化出头顶半球状卵壳的卡斯托耳和波鲁克斯。在古代中国，一元的太极因两极分化作用生出阴阳，它的符号也是被分为黑白两个部分的圆。

卵作为符号，在创世神话中解释了世界的诞生。我必须强调，它同时也是含有二元对立的两极分化作用的原始一元性、存在的多样性所萌发的一种原初现实观念。如果用比喻的观点看，卵是椭圆形的，椭圆形有两个焦点，这两个焦点各自分化，分裂成了二元对立的状态。因此，卵具有双性的本质。可以说，这件事情已经在原始文化中被暗中证明了。有许多神以及人类神话中的祖先具有双性，在原始民族的祭祀中，经常有让人变为象征性的双性同体者的仪式。卵作为原初一元，还没有在时间的作用下被损毁，它完全地充盈着圆满与和谐。在创造天地的同时，也就是卵破碎的时候，时间随之开始。如果从这一角度来看双性神话和宇宙卵神话，就不得不说，它们其实是同一种原理的两种不同的表现形式。

因此，包含这种原理的卵在诸多民间故事中作为创造和生命的符号以各种形象出现，也就一点都不奇怪了。例如复活节彩蛋，现在的人都知道它是自然的周期性再生的符号。而在俄罗斯和瑞典的坟墓中发掘出了黏土制的卵，它被视为不死的象征、复活的符号。在彼奥提亚（Boeotia）的墓地中曾发掘出大量单手握卵的狄俄尼索斯像，这也被认为象征了生的回归。

所以，将复生的欲望视为恶、意欲跳脱出无限再生之循环的俄耳甫斯教，在教义中禁止食用卵，这一点并非没有理由。当然，俄耳甫斯教的教徒和佛教的苦行僧不一样，他们并不追求消除烦恼、获得解脱，反而强化欲望，想将其变为精神上的事物。为此，他们首先要避开一切与衰老和死亡世界有关的象征。可是在一般的习惯中，卵被作为再生的象征献给死者。因此，希望与地面上的生活断绝、将灵魂归还至神身边的俄耳甫斯教教徒厌恶地面上的这一再生符号，也就是卵。

最近（1973年9月），在朝鲜半岛的庆州发掘出一座新罗时期的大古坟（五世纪后半），人们在两万件之多的陪葬品中发现了十几个被保存在陶器中的鸡蛋，这条新闻引起了我的兴趣。可以说这是朝鲜特有的卵生始祖神话——新罗的始祖朴赫居世从金色卵中出生的隐喻。而且，我们当然也可以将卵作为复活的符号来解释。卵生神话与用卵进行说明的宇宙开辟神话有些不同，但是不能说它们之间毫无关联。不仅是朝鲜王室，在中国的古代君王故事中偶尔也可以见到它，所以它恐怕是南方系神话吧。

卵作为符号，有时也体现为椭圆形的石头这类并非直接相关的形象。在库柏勒（地母神）崇拜的中心地区培希努（Pessinus）有一块圣石，它正是这类石头中的一个好例子。印度的佛塔卒塔婆的塔身像卵一样突出，它被称为

Anda 或者 Garbha，在梵语中 Anda 是卵，Garbha 则是子宫、胚胎。在卵的内部有佛舍利，也就是生命的种子。在印度，莲子也曾被称为卵。正如折口信夫所说的，无论是石头、贝壳、卵、茧还是葫芦，这些都是母胎，也就是容器，其中都蕴藏着神灵。

老普林尼曾在《博物志》中提到过，德鲁伊教的教徒崇拜一种"蛇卵"（ovum anguinum）。其实这不是蛇卵，是球形的海胆壳。可以说，凯尔特人的崇拜对象其实也是一种宇宙卵。

"希腊人可能已经忘了，但是有许多高卢人知道这种卵。"普林尼写道，"许多蛇聚拢在一起，紧紧缠绕，它们的身体分泌出黏液和泡沫，然后形成被称为'蛇卵'的球体。据德鲁伊教教士说，这颗卵会在蛇的咝咝声中跳向空中，所以必须在它掉落到地面之前用披风接住。而且，得到这颗卵的人必须拼命奔跑，因为这些蛇会一直追在他们身后，直到它们被河川拦住去路，才会停止追赶。关于如何分辨这颗卵的真伪，只需看它会不会逆流而上漂走。我曾经见过这种卵，它的大小和苹果差不多，壳上像章鱼脚一样有许多软骨状的疙子。德鲁伊教士认为这颗卵有不可思议的力量，如果戴着它参加审判就会获得胜利，而且可以靠它接近国王，不过这只是谎言。"（《博物志》第二十九卷第十二章）

普林尼虽然否认了"蛇卵"的神奇力量，但是人们将海胆壳当作护身符去信仰的习惯，似乎在十九世纪法国、瑞士和罗马尼亚等地的乡村仍有残存。在法兰克王国时代，它是被埋在战士的墓中让他们再生的咒术之物。也就是说，它在此处的作用和前文所提到的卵完全相同。

《古代的世界形象》的作者皮埃尔·戈尔东[①]认为，让世界普遍出现宇宙卵观念的，正是施行古代密仪的洞窟。但是我认为不能轻易相信这种说法。洞窟的小宇宙确实是宇宙的缩影，虽然人们普遍认为柏拉图、荷马（《奥德赛》第十三卷，伊塔卡岛的宁芙的洞穴）都很好地以文学形式描写了洞窟，但是，可以将它的概念扩大到与宇宙卵形象相关的程度吗？我认为两者是互相独立的，它们作为同一种类的符号不断发展。在这一层含义上，能和卵比较的不仅是洞窟，还有刚才提到的石头、海胆壳、贝壳，或者心脏、肚脐（在印度神话中，从掌管宇宙之权的毗湿奴的肚脐中生出莲花，其上坐着创造世界的梵天）等。每一个都是世界中心的形象，都是时间、空间发展的原点。

我简单地说明一下肚脐的事情。法国的东方学者勒内·盖农（René Guénon）曾经在《世界之王》中说明，肚脐在作为世界中心的物质形象时，"一般为圣石"。例如，雅各为了纪念在梦中见到的梯子而建造了圆

[①] 皮埃尔·戈尔东（Pierre Gordon，1886—1951），法国宗教史学家、民俗学家。

柱形的神石[1]，阿波罗崇拜的中心地区德尔斐的翁法洛斯（Omphalos，希腊语中的"肚脐"）、凯尔特人崇拜的某种立石（menhir）、耶路撒冷的寺院中支撑约柜[2]的石头等都属于此类吧。德尔斐的翁法洛斯是曾被放置在阿波罗神殿内阵的石灰石，据说阿波罗就曾经坐在这块作为世界中心的石头上，它象征联结三界，即生者的世界、死者的国度还有神祇世界的道路。此外，这块石头所在的位置还是阿波罗杀死巨蟒皮同的地方，也是吸入丢卡利翁时代那场大洪水的大地裂缝的所在地。卵和石头的神话似乎总是和龙、蛇相关。

可以轻易将壳掰成两半的胡桃也和卵一样，被称为宇宙一般的胡桃。因为它也是在原始一元中潜藏着二元性的物体。在英国的民间故事中，大拇指汤姆（Tom Thumb）拿胡桃壳当床铺，在其中睡觉；据说在罗马的婚礼中，夫妇二人会边走边在路上撒胡桃。胡桃在复活节中与卵一样，也被视为带来生命的符号。

*

我认为有必要在此详述炼金术与宇宙卵的紧密关联。

---

[1] 神石（Bethel），在《圣经》和合本中译为"伯特利"。见《旧约·创世记》28:11-19、35:6-15。
[2] 约柜，古代以色列民族的圣物，"约"是指上帝跟以色列人所订立的契约，而约柜就是放置了上帝与以色列人所立的契约的柜。

炼金术，是一个在西欧被隐蔽的庞大传统。炼金术师们的参考对象不是别的，正是宇宙卵的符号。但是他们并非将卵视为地面上的再生符号，而是将其作为精神的生命、完全的知识，也就是"诺斯替"（即"知识"）的符号加以利用。

炼金术的材料中有通过加热复合材料形成"贤者之石"的容器，炼金术师们将其称为"哲学之卵"。塞尔日·于坦①的《炼金术》中提到"这是一种小的球形烧瓶，一般用水晶制成，将材料放进去之后必须将开口封紧。这容器之所以被命名为'哲学之卵'，是因为它的形状，也因为它同时具有深奥的隐喻。也就是说，这'哲学之卵'是'世界之卵'的象征物，也就是创世的小小雏形。就像卵需要经历入孵才能孵化一样，这个容器可以生出贤者之石。"

这种被称为"哲学之卵"的水晶容器就是坚硬的卵壳，密封在其内部的复合物质就是卵的内容物。这颗卵的内容物和宇宙卵的创世神话完全一样，它也是被称为"原初一元"的物质，能够引发两极分化作用的萌芽已经潜藏其中。也就是说，这种复合物质包含着男性与女性、太阳与月亮、火与水等对立物质，它们处于对立之前尚未分化的状态。这正是双性本身。根据许多炼金术书籍的说法，

---

① 塞尔日·于坦（Serge Hutin，1927—1997），法国作家，著作多与超自然和秘术相关。

图 20　哲学之卵

构成这种复合物质的第一物质（Prima materia）主要包括硫黄、水银和盐，在炼金术的独特图像学之中，它们被体现为动物和人类的形象。

比如：硫黄是国王（男性），水银是王后（女性）。盐是司祭（媒介），负责执行穿着红色衣服的国王和穿着白色衣服的王后之间的"哲学婚姻"。通过这次婚姻生下的贤者之石被称为"哲学的孩子",它被表现为戴着王冠的年轻国王,或是不死鸟、鹈鹕等。此外,硫黄被表现为火或者太阳,水银被表现为水或者月亮。有着太阳脸的男性和有着月亮脸的女性的形象也是它们的体现。容器中的硫黄、水银的混合物质不时被表现为盘踞的龙。——以男性与女性、主动与被动、干性与湿性等彻头彻尾的二元论说明世间万物的炼金术理论,在作为生殖和怀胎理论时,当然会明确强化与性相关的特质吧。"在哲学家们的著作中,没有任何一个词像结婚这样经常被提起。"这是十八世纪本笃会修道士佩尔内蒂(Antoine-Joseph Pernety)在《神话赫尔墨斯学辞典》中提出的观点。国王与王后在密封的"哲学之卵"中交合,这被称为"集大成"①,正是它完成了炼金术工作中的最关键部分。

回溯炼金术的这种性的幻想,它起因于人类在遥远过去对地下矿物的奇妙信仰。古代人相信,矿物就像胎儿一样,在大地的子宫中成长。他们认为金属都会生长,最终成熟,变成黄金。炼金术师只不过是将金属这一胎儿从大地的子宫中取出,放进人工子宫(也就是"哲学之卵")中,促进它们成长。其实,他们使用的炼金术容器,例如球形烧瓶和曲颈甑,其形状不时会被拿来与

---

① 集大成(大いなる業),拉丁语为 Magnum opus,英语译作 The Great Work,在炼金术领域指运用各种原始材料制造贤者之石的过程,在艺术领域则有"杰作"的含义。

人类生殖器官进行比较。炼金术师帮助大自然工作，他们梦想着将所有的金属培育为完全成熟的、高贵的金属。这一梦想并不是常人所想的精打细算的工作，而是纯粹的精神理想。借用埃利亚德的话，炼金术师"通过自身的不断努力使之成熟，接受来自大自然的工作并完成它们"。

将"哲学之卵"放入反应炉（athanor）后加热到一定的温度，就可以使国王与王后的"哲学婚姻"完成。此时二元要素的对立得以消除，全新的年轻国王诞生。这就是贤者之石，它有闪耀的红色光辉。"自然在玻璃容器之中被混淆，变得如同凝固的血一样。之后，女性接受男性的亲密行为，得以孕育王子。也就是说，男性的精液注入女性身体内部，两人结下牢固的羁绊。"这是十八世纪的学者朗格莱·迪弗雷努瓦[①]在《赫尔墨斯哲学》中的解说。

乍看上去，二元对立的要素消失了，可是贤者之石本就是双性的，它的内部蕴藏着对立的契机。正如贤者之石的别名之一——"还生石"，它不借助外界力量就可以自我繁殖，就像印度教中的宇宙卵一样。

有大量与炼金术相关的作品以手抄本和版画的形式保存至今，在其中，"炼金术的双性"以各种各样图像学式

[①] 朗格莱·迪弗雷努瓦（Nicolas Lenglet Du Fresnoy，1674—1755），法国学者、历史学家、地理学家、哲学家及炼金术书志作者。

的变体登场。其中之一是古斯塔夫·勒内·霍克[①]在著作《作为迷宫的世界》中也曾提到的萨洛蒙·特里莫辛[②]的作品《太阳的光辉》(十六世纪初手抄本),我在这里说明一下其中出现的双性形象。这个具有两性特征的人有天使一样的翅膀,右手拿着卵,左手拿着圆形的镜子。作者为这张画写的说明为:"哲学者向两个肉体,也就是太阳和月亮,赋予自己的技术,将其与水和土同化。这两种规则分别代表男与女,这对男女生下四个孩子。两个男孩是热与寒,两个女孩是干与湿。"

双性者手中的卵当然意味着生出其自身的"哲学之卵",它更暗示着宇宙卵。镜子指包含赫尔墨斯炼金术原理的炼金术之镜(Speculum Alchemiae),毫无疑问,它就是炼金术师的指引——自然的象征。自然像镜子一样映出造物主的秘密,炼金术师必须以自然为参考进行学习。巴诺波利的佐西姆斯[③]认为:"如果有谁看镜子,那么他看到的不是幻觉,而是意味着幻觉的事物。通过外观可以知晓现实。"

我再在这里介绍一幅被视为自古至今炼金术绘画中

[①] 古斯塔夫·勒内·霍克(Gustav René Hocke,1908—1985),德国记者、作家、文化史家。
[②] 萨洛蒙·特里莫辛(Salomon Trismosin),生活于十五世纪至十六世纪早期,文艺复兴时期传奇炼金术师,自称拥有贤者之石,帕拉塞尔苏斯的老师。
[③] 佐西姆斯(Zosimus),生活于公元六世纪前后。拜占庭帝国时期著名的希腊历史学家。

第一位的杰作吧，它是米夏埃尔·迈尔①撰写的《逃跑的阿塔兰塔》（1618年）中的插图，是约翰·特奥多尔·德布雷②绘制的系列铜版画中的一张。要问我为什么选择这张，正是因为其中有美丽的卵的形象。

米夏埃尔·迈尔活跃于十六世纪后半叶到十七世纪初，是当时玫瑰十字运动的名人，曾任布拉格的鲁道夫二世宫廷的顾问官，并且前往英国传播玫瑰十字思想。他撰写过许多赫尔墨斯学相关书籍，其中可被称为代表作的就是《逃跑的阿塔兰塔》，书中甚至还插入了乐谱。可以推测出，恐怕在当时的秘密团体集会中，会使用这些乐谱举行合唱。例如，莫扎特就曾"为共济会创作音乐作品"，可见，赫尔墨斯学与音乐之间的关系不容小觑。

我们来看看德布雷绘制的一张插图。前景中有一个穿着盔甲的炼金术师，他似乎要挥剑斩断一个放在矮桌上的巨大的卵。他站在铺满方形地砖的庭院里，左边一个燃烧着火焰的巨大暖炉。庭院里居然有暖炉，这真不可思议。远处有一条走廊，看上去长得无边无际。这张画整体有精心安排的透视关系，铜版画特有的阴影效果十分好看。可是这张画究竟意味着什么呢？

---

① 米夏埃尔·迈尔（Michael Maier，1568—1622），神圣罗马帝国皇帝鲁道夫二世的医生和顾问，是一位博学的炼金术师、警句诗人和业余作曲家。
② 约翰·特奥多尔·德布雷（Johann Theodor de Bry，1561—1623），雕版师、出版商。

图 21 引用自米夏埃尔·迈尔《逃跑的阿塔兰塔》

米夏埃尔·迈尔为这张画撰写的文章大致如下:"积累关于卵的知识,用燃烧的剑斩断它。在这世上,有一只比万物崇高的鸟。汝唯一的工作,就是找到这只鸟的卵。黄色的液体被无价值的蛋白质包围着。按照惯例,要将这颗卵加热,然后汝当持剑,谨慎地将蛋黄取出。在武尔坎①之后,玛尔斯②会促进这项工作。随后,当雏鸟出现时,雏鸟就会获得甚于剑和火般的永生。"

---

① 武尔坎(Vulcan),罗马神话中的火神。据传说,火山是他为众神打造武器的铁匠炉。
② 玛尔斯(Mars),罗马神话中的战神。

虽然这篇文章以象征物推动讲述，但是可以明白大意。简单来说，这篇文章的关键在于在加热后切开"哲学之卵"，将里面的红色物质，也就是贤者之石取出时需要注意什么。鸟也许意味着象征贤者之石的不死鸟或鹈鹕。"哲学之卵"中含有一只鸟的这种构图在炼金术的寓意画中并不少见。而这段话的重点在于制造贤者之石的时候，必不可少的就是武尔坎和玛尔斯（也就是火与矿物）。这颗卵当然可以视为宇宙卵的象征。

迈尔的《逃跑的阿塔兰塔》可谓风格主义艺术花园中盛开的一朵富有魅力的小花吧。这幅铜版画所包含的诗一般的小宇宙，一定无限地满足了当时附庸风雅的人和宫廷式初期风格主义学者的好奇心。神秘学、音乐与绘画等在这里浑然一体，制造出不可思议的魅力。在那个时代，音乐已经成为贵族必备的教养之一。也说不定，当时有人一边看着迈尔的乐谱一边唱歌呢。

*

皮耶罗·德拉·弗朗切斯卡画笔下那颗在圣母头上闪耀的宇宙卵的象征，在现代，只在萨尔瓦多·达利和莱昂诺尔·菲尼（Leonor Fini）的画作中被精细描绘而得到长存。

在《利加特港的圣母》中，达利在圣母的头顶上方绘制了几乎与皮耶罗一样的由贝壳吊着飘浮在空中的卵。菲尼则在《守护卵的女人》与《守护不死鸟的女人》中绘制了一个冥想的女人,她双手捧着人头大小的光滑的红色或黑色的卵。达利的作品中甚至不时会出现他喜欢的海胆和蜗牛壳。

观看这些现代画家的作品,我遗憾地感到其神秘性终究不及皮耶罗,做出如此评判并不困难。对于神秘的感觉,我们已经失去很久了。算了,我再看看皮耶罗笔下的圣母像,就此停笔吧。

对动物志的爱

動 物 誌 へ の 愛

هم از آن حضرت خبر دار اکنم
هم ز لطفش صاحب پر ار اکنم

我手边有两本以古法语写成的十三世纪的动物志。第一本是1852年出版的是北法吟游诗人诺曼底的威廉[1]所著的《神圣动物志》；另一本是1860年出版的亚眠主教座堂的圣职团（Cathedral chapter）成员里夏尔·德·富尼瓦尔[2]创作的《爱的动物志》。这两本都是卡昂大学的教授塞莱斯坦·伊波（Célestin Hippeau）依照图书馆所藏的手抄本制作的初版活字印刷本，如今应该算是很难获得的书籍了。我才疏学浅，无法流畅地阅读古法语，但是在这两本书的开头有伊波教授撰写的长篇序文，对于十分喜欢动物志、植物谱和石谱等中世纪独有的寓意文学的我

---

[1] 诺曼底的威廉（William the Clerk of Normandy），十三世纪圣职者、诗人。
[2] 里夏尔·德·富尼瓦尔（Richard de Fournival，1201—1259或1260），中世纪哲学家。

来说，这些序文是充满有趣观点的、值得珍惜的参考文献之一。

从十二世纪到十三世纪，在欧洲生活的人们的全部知识中，博物学占了极大比重，这对于现代的我们而言恐怕很难想象。当然，虽说是博物学，但那时还没有培育出科学思考的萌芽，所以没有任何人认为通过博物学可以正确观察和收集事实并进行分类，甚至由此进一步认识自然。如果说当时的艺术是一种寓意体系，那么科学就是另一种寓意体系。博物学的工作只不过是满足人们对神秘的共通嗜好，并收集某类传说。对于这个时代嗜好神秘的精神来说，博物学就是宗教或世俗道德和教谕的源泉。博物学的工作就是通过自然界的各种事物，确证这唯一的精神源泉所产出的神秘。也许我这么说才更接近寓意的真相吧。在十三世纪的博物学著作中，无论是博韦的樊尚[1]撰写的《自然之鉴》(*Speculum Naturale*)，还是大阿尔伯特的《动物论》与布鲁内托·拉蒂尼[2]的《宝库》等都是如此。

《自然之鉴》的结构很简单，它是自古以来的"创世六日"(Hexameron)，也就是神创造天地的六天的解说。据《圣经》所说，自然界中的一切都在这六天中出现在

---

[1] 博韦的樊尚（Vincent de Beauvais，1190—1264），中世纪法国的百科全书编纂者，多明我会的修道士。
[2] 布鲁内托·拉蒂尼（Brunetto Latini，约1220—1294），佛罗伦萨学者，对早期意大利诗歌发展有重要影响，对但丁亦有监护人与老师的作用。

地上，即便是古代科学，解释时仍不能脱离这个框架。老普林尼、埃里亚努斯[①]与迪奥斯科里德斯[②]似乎都获得了《创世记》中的神的荣耀，这简直是将历史的时间倒置一般不可思议的状况[③]。中世纪的思考模式不是归纳法，而是以神为最高前提的演绎法。艺术史学家埃米尔·马勒[④]曾写过如下内容：

> 眼中看见的宇宙是什么？形态的多样性意味着什么？在僧房中思考的修道士，或是在上课前于寺院中一边踱步一边思考的博士，他们对于这个问题的看法如何？这个世界究竟是幻影还是现实？——对于这个疑问，中世纪给出了一致的回答。答案就是，世界是一个符号。就像艺术家在心中保有作品的观念一样，宇宙只不过是神一直以来在自身中保有的一种观念。（《法国十三世纪的宗教艺术》）

世界是神之手撰写的一本巨大的书，这本书中的所有事物都可化为一种语言，所有语言都有充分的含义。虽然

[①] 埃里亚努斯（Claudius Aelianus，约170—约235），罗马作家、修辞学家。
[②] 迪奥斯科里德斯（Pedanius Dioscorides，约40—约90），古罗马时期的希腊医生与药理学家，曾被罗马军队聘为军医。
[③] 这三人生活的社会均不是以基督教为中心的社会，故有此语。
[④] 埃米尔·马勒（Émile Mâle，1862—1954），法国著名艺术史学家，法国中世纪图像志研究先驱，法兰西学术院院士。

图 22　龙与虎

无知者在观看自然形象时不能明白形象的含义，但是学者可以通过眼中看到的形象得知看不到的事物，可以通过自然读取神的意志。十七世纪的英国有位奇异的寓意主义者托马斯·布朗[①]，他所创作的奇书《医生的宗教》(*Religio Medici*)第一部第十六章中提到："我通过两本书汲取与神相关的知识。一本是由神写的书，另一本是自然这位神之侍女写下的书。"如果将这两册书合二为一，也许就能形成理想中的寓意式的博物学。

所以对于中世纪的人来说，科学不是研究事物本身，

[①] 托马斯·布朗（Thomas Browne, 1605—1682），英国博学者，著作涉及多个领域，展现了他在科学和医学、宗教学和神秘学等不同领域的广泛学识。

而是洞察事物中所隐藏的神的教诲。"所有的被造物只不过是真理与生命的影子",这句话是十二世纪的百科全书家欧坦的奥诺里于斯(Honorius Augustodunensis)说的。眼中所见的一切形象背后,都镂空雕刻有耶稣的牺牲、教会的观念甚至美德与恶德的模样。这镂空雕刻才是本质,眼睛所见的形象只不过是影子。不,通过看穿镂空图案,可以发现原本只不过是影子的形象突然散发出神秘的光辉。

我在此引用几个埃米尔·马勒所举的含有中世纪美丽的寓意式思考的例子。观察自然的、有智慧的修道士的内心,在日常生活中如诗般孕育了这些令人感到惊讶的神秘形象。

圣维克多的亚当(Adam of Saint-Victor)在修道院的食堂中,手执一颗胡桃,如此畅想:"如果胡桃不是基督的形象,那它还能是什么?厚实的绿色外皮既是基督的肉身,也是人性。坚硬的木质壳正是这块肉忍受着的十字架。但是壳的内部,正是人类当成食粮的、隐藏的神性。"

在卡普阿担任主教的莫拉的佩特鲁斯观看着庭院中盛开的玫瑰花,可是他没有被玫瑰的异教式的美丽打动。"玫瑰是殉教者或者处女吧,"他如此认为,"如果玫瑰是红色的,那么它就是因信仰而死的殉教者所流的血的颜色;如果它是白色的,那么就是处女的纯洁。玫瑰在刺中盛开,殉教者也被异教徒和迫害者包围,处女则在堕落的人群中闪耀。"

圣维克多的于格（Hugues de Saint-Victor）一边观察一只鸽子，一边想象教会。"鸽子有两只翅膀，对于基督教徒来说意味着两种生活，也就是活动式的生活与冥想式的生活。翅膀上的蓝色羽毛恐怕展现的是天国的颜色。鸽子羽毛会因光照角度的变化而显现出不同颜色，这令人想起波澜壮阔的大海。也就是说，鸽子象征着漂浮于人类情感海洋之中的教会。"

雷恩的主教马尔伯德是著名的《石谱》的作者，他曾尝试在他所喜爱的宝石的颜色中发现神秘。"祖母绿在阳光下散发出水一般的光辉，温暖着紧握它的手掌。这正是基督教徒的形象吧。基督是太阳，他温暖石头，让它全身散发光辉。还有红色的紫水晶，它仿佛会喷出火焰。这就是一边流血，一边为迫害者祈祷的殉教者的形象。"

胡桃、玫瑰、鸽子、宝石……世界上的一切都是象征。在地球上，无论是陆地还是海洋，都只不过是唤起《圣经》的记忆、提供道德训诫的材料、解明神的秘密并以此体现灵魂象征的一种现象。对于这种中世纪特有的令人惊讶的思考方法，《中世纪的秋天》的作者约翰·赫伊津哈[①]如此解释道："象征主义式思考带来对思想的陶醉，

[①] 约翰·赫伊津哈（Johan Huizinga，1872—1945），荷兰语言学家、历史学家。

它毫无理性地将事物概念的边界融合,压抑合理思想,并将生命感推向最高潮。"赫伊津哈说的一点不错。

诸多中世纪诗歌或科学著作都曾对此类自然的象征性做出解释,而动物志可以称得上其中最为奇妙的一类。

首先,中世纪的动物志中最奇妙的一点在于,异教式元素与基督教式元素互相混合了。这些内容的出现一定是由于基督教初期的修道士们试图用基督教的方式,解释基督纪元前后的希腊、拉丁的博物学者们(例如克忒西阿斯、老普林尼、埃里亚努斯等著述家)收集的与动物相关的奇闻轶事。虽然这些记录的原件已经没有了,但是在公元二世纪左右有一本于亚历山大里亚编辑的动物志《博物学者》(*Physiologus*)。也就是说,中世纪的动物志与这本早就被基督教渗透的、起源自古老东方的《博物学者》的翻译文本近似。与魔法和炼金术等一样,动物志也是从东方的亚历山大里亚传到西欧世界的东西。

《博物学者》在十一世纪就已被译为德文,在法国则是在十二世纪初,由使用盎格鲁-诺曼语的诗人菲利普·德·陶恩(Philippe de Thaon)首先进行翻译。在十三世纪,我之前提到过名字的诺曼底的威廉所著《神圣动物志》与里夏尔·德·富尼瓦尔所著《爱的动物志》问世了。这些动物志不单是简单的文学作品,虽然它们的细节和氛围各有不同,但是总的来说,它们的内容都建立在《博物学者》之上。

这些书中出现的动物有三十到四十种，但是这三本书的涉及范围并非完全相同。例如，菲利普·德·陶恩的动物志中有幻想出的半人驴（Onocentaur，"Ono-"指驴，"centaur"指希腊神话中的半人马）等怪兽，但是另两本书中没有出现。说到异教式元素与基督教式元素混合的例子，《神圣动物志》中出现的"象与曼德拉草"的章节值得一提。内容大致如下：

古人云，象是一种性冷淡的动物，如果不吃曼德拉草就无法感到兴奋，雄象也无法与雌性交配。雌象会在天亮时前往森林，寻找并拔起曼德拉草，让雄象吃掉。——虽然到此为止是古代传说，但是基督教的动物志作者从这没有深意的纯洁故事中找出了隐藏的深意。他们认为雄象和雌象是《创世记》的伊甸园中亚当和夏娃的象征，曼德拉草就代表着夏娃递给亚当的苹果。亚当在吃下苹果之后勃起，意识到了从未体验过的肉欲，与夏娃交合并生下该隐。

正如我们所见，古代最暧昧的科学与《圣经》中最令人起疑的解释在中世纪的动物志中完美融合。这些异教式元素也在大量关于狮鹫、不死鸟、独角兽、火蜥蜴等《圣经》中没有出现的幻想怪兽的记述中显露出来。而且动物志的作者们，无论是克忒西阿斯还是老普林尼，他们完全没有考虑过这些怪兽是幻想之物，在记录这些怪兽的时候，他们还不忘加上道德式解释。客观地记录动物的性质并不是他们的目的，他们的目的只在于看穿隐藏于内部的寓意。

据赫伊津哈的观点，中世纪末期，寓意式的思考形式"迎来了登峰造极的时代。世界上的任何事物都被彻底地象征化，象征变成了石化的花朵"。——如果寓意所隐藏的形象毫不掩饰地出现在表面，那么形象的象征价值就会

图 23　接近哥伦布的船的海中怪兽

下降。我们甚至不需提起 C. S. 刘易斯的观点,因为寓意和象征主义本就是相反的。无论是诗歌还是绘画,随着形象的唤起作用变得贫乏,风格至上的装饰主义就此诞生。虽然一般观念似乎将它视为美学堕落后的形式,但是我认为其中有应被发现的、难以割舍的魅力。可以说,对我个人而言,中世纪荒唐无稽的动物志正是这种魅力的无尽源泉。

*

我想从经常在中世纪的动物志中登场的动物里,选择我喜欢的一种,在这里简单地介绍它的特征与所象征的事物。

我想介绍"呼哼哼"[①]鸟,也就是戴胜(如果想详细了解,可以查百科全书),我非常喜欢它。理由也许就是我在书中第一次看到这种鸟时,正巧在阅读热拉尔·德·奈瓦尔笔下的瑰丽幻想故事《示巴女王与所罗门王》。戴胜是比奇斯(Bilquis)即示巴女王的象征物,它是一只总在女王身边的神秘的鸟。伊斯兰教的圣典《古兰经》第二十七章"蚂蚁"中,将戴胜描绘为一种有名分的侍从鸟。它能够听懂鸟的语言,并将从示巴女王的国度中

[①] 原文作"フップ鳥",此处以戴胜的中文俗称译出。戴胜,学名为 *Upupa epops*。

获取的情报带回所罗门王的宫殿。

将戴胜视为神秘之鸟的传说似乎主要来自阿拉伯、埃及和波斯，例如波斯塞尔柱王朝时期的神秘主义诗人内沙布尔的阿塔尔（Attar of Nishapur）所著《鸟的话语》(*Manṭiq-uṭ-Ṭayr*)，其中提到全世界的鸟儿们为了追求统治者而出发旅行，带领它们的向导就是戴胜。

此外，这种鸟还有一种不可思议的能力，它的视线就像水晶一样敏锐，而且可以看穿地面。当所罗门王在沙漠中旅行的时候，它可以指出哪里会涌出地下水。不少奇迹使它闻名，因此它的头上有像王冠一样的冠毛，甚至有资格进入伊斯兰教的天堂。

十七世纪的法国神学家萨米埃尔·博沙尔（Samuel Bochart）的《神圣动物志》(*Hierozoicon*)中记载了一个古老的犹太传说。内容大致是：所罗门王被恶魔诱惑而派遣奴隶前往高山的岩壁，从戴胜的巢中捕捉幼鸟，然后将它关进玻璃笼子里。大鸟虽然找到它了，却无法进入鸟笼。此时，大鸟去捉了一只名叫Shamir的虫子，据说如果碰过这种虫子，不用说玻璃，就连坚硬的石头都能打碎。希腊的埃里亚努斯也写过类似的传说：有一只戴胜在岩壁中筑巢，所以岩壁的主人用石头将洞堵住了。于是戴胜去寻找一种草，岩壁上的石头一碰到这种草，便纷纷粉碎掉落。

《一千零一夜》中提到，如果将戴胜的心脏放在正在睡觉的人的胸口，然后询问对方自己想知道的问题，对方就会诚实地回答一切。此外，据说如果将戴胜的右眼珠贴在双眼中间，就能发现藏在地下的宝物。戴胜的眼珠和心脏似乎自古以来常被用作护身符。

戴胜还有不得不提的一点特征，就是这种鸟被认为十分不洁净，而且会散发出恶臭。人们之所以如此认为，是因为亚里士多德和埃里亚努斯等人曾经详细记述过的这种鸟的筑巢方式——戴胜会用人类的粪便筑巢。当然，这种说法丝毫不科学。实际上只是鸟巢中堆积着雏鸟的粪便，它们形成了鸟粪石（guano）罢了。还有一个传说，据说戴胜会在母鸟死亡之后将尸体顶在头上，寻找埋葬它的地方。这种鸟之所以在中世纪的动物志中被视为孝顺父母的象征，恐怕正是来源于此。

戴胜在《一千零一夜》中拥有的不可思议的能力特质，在中世纪基督教式的动物志中被全部舍弃，唯独只强调了孝顺父母这一点，而正是古代的《博物学者》形成了这种看法。诺曼底的威廉在《神圣动物志》中也提到了完全相同的看法。也就是说，戴胜在年老衰弱之后，它的孩子会给它喂食，用喙拔掉旧羽毛，用身体温暖它，这些行为带有鲜明的教谕色彩。

戴胜在拉丁语中是 Upupa，古埃及语中是 Qwqwp，希伯来语中称之为 Dukhiphath，叙利亚语叫它 Qaqupha，阿拉伯语则称呼它 Hudhud，这些名字应该全部来源于它的叫声。阿拉伯语中 Hudhud 的含义是"在那里、在那里",也许这与戴胜能找到地下水和宝藏的神奇能力有关。

奈瓦尔在《示巴女王与所罗门王》一书中,将戴胜塑造为有阿拉伯式名字 Hudhud 的精灵族,并让其预告亚多尼兰(Adoniram)与比奇斯那命中注定的相遇,它起到了传达神谕的作用。由于奈瓦尔个人的爱与愿望,这种鸟被赋予了极为重大的作用。

此外,在福楼拜的《圣安东的诱惑》中,示巴女王的侍从鸟叫 Simorg Anka[①],对它的描写如下:"它有橘黄色的羽毛,看上去像是金属制成的鳞。长着银色冠毛的小小头颅上,有人一般的面庞。它有四只翅膀、像秃鹰一样的脚和像孔雀一样巨大的尾羽,尾羽在身后伸展成圆形。"

Simorg Anka 是阿拉伯、波斯地区的想象中的鸟,它与戴胜明显不是同一种鸟,所以从这一点看来,恐怕福楼拜将它们搞混了。无论如何,这里描写的都是一种怪鸟,与现实中的戴胜没有一点关联。所以我有必要说明,福楼拜的奇作《圣安东的诱惑》可以作为古代东方的怪物百科来阅读,博尔赫斯在《想象的动物》中大量引用它并非没有理由。

---

① 在李健吾译本中,这种鸟被音译为"西冒尔·昂嘉"。

*

假设如吉尔贝·迪朗（Gilbert Durand）在《幻想物的人类学构造》所言，"所有原型学都要追溯至动物志，必须从反省动物志的普遍性和通俗性开始"，那么我个人对于动物志的喜好，也要被视为跨越个人幻想范围了吧。从神话学到精神分析学、从纹章学到科幻小说，动物志连绵不断地贯穿了人类的精神史。在史前时期，洞窟中的人类首先描绘的主题就是动物，现在的孩子们喜欢通过显像管观看的怪异形象也是动物。

埃利法斯·莱维[①]曾说，"动物是人类本能与情感的生动符号"，但我想恐怕不仅如此。动物可以变身的范围从神圣之物到恶魔之物，这远超人类的领域。如果所有人的心中都沉睡着一只野兽，那么野兽的概念就会超越人类的概念，我们人类就会成为各种野兽之中的某种超越人类概念的，或者说是超人类一般的存在吧。就像尼采在《曙光》中借动物之口所说："人性只不过是我们动物没有深陷其中的一种先入观念。"

也就是说，作为原型的动物，展现了我们人类的无意识和本能的广阔深层与基础。一般而言，动物是宇宙的、物质的和精神的力量符号。黄道十二宫的标识可以唤起宇

[①] 埃利法斯·莱维（Éliphas Lévi, 1810—1875），法国神秘主义者、诗人，著有超过二十本关于魔法、卡巴拉、炼金术研究和神秘学的作品。

图 24　半人马

宙能量，据说东方的十二生肖来自古巴比伦，它正是一个好例子。埃及的神明们长着动物头，《福音书》的四位作者以野兽的形象出现。恩培多克勒认为自己是神，他曾经宣言："我是月桂树，是鸟，是海中无言的鱼。"就连基督教中的恶魔也长着动物的肉体部分（蝙蝠翅膀、有蹄子的足），如果不如此具象化，人们根本就无法想象它。我们的世界概念由三种领域——地狱、地面、天界——分占并合为一体，而动物毫无阻碍地跨越了它们的边界。所以当我们想要通过狂喜与神合为一体，追求巴塔耶所说的"存在的连续性"时，经常会以面具和图腾等神话的变体作为媒介，借助动物的帮助来达到目的。

　　动物志的历史从古代一直延续到中世纪这充满幸福传说和寓意的时代，从十五世纪开始到十六和十七世纪迎来最高峰，也迎来了畸形学和怪物学的时代。观赏那时的木版画和铜版画，会看到令人惊讶的怪物群体在各处出现，这与其说是古老的《博物学者》的延伸，不如说是凌驾于它的、从传说到科学的过渡时期的苦闷的证明。终于到了十八世纪，人们开始尝试进行动物学的分类，但是即便是林奈这种先驱者，也免不了将科学与传说混淆在一起。虽然将观察与分类作为武器的科学扼杀了曾在动物志中成长的寓意和幻想，但是这一点在以十八世纪的布丰伯爵[①]撰写的《博物志》、十九世纪的米什莱的《鸟》《虫》等优秀的动物文学为例的作品中没有任何改变。

从让·德·拉封丹到法布尔、从朱尔·勒纳尔（Jules Renard）到让·罗斯唐（Jean Rostand），他们从未创作过脱离寓意和拟人化的动物文学，其中甚至不存在动物科学。将极权主义社会与昆虫社会相比较，可说是反乌托邦文学的常见套路。在这一点上，也许原始部族那种变身为动物的愿望（或者说对变身为动物的恐惧）仍多少残存在我们的潜意识中吧。

当然，我们现在与动物保持着一定距离。变身成动物的人（被狼或狐狸附身的人等），被归类为有附身妄想症的病人。我们的文明正致力于不再将动物视为神圣或恐怖的存在，并从很久之前就开始向保护、观赏的方向

[①] 布丰伯爵（Georges-Louis Leclerc, Comte de Buffon，1707—1788），法国博物学家、数学家、生物学家、启蒙时代著名作家。

发展了。通过交流与教育等手段，我们甚至可以与原本存在于世界偏僻角落的珍稀动物亲密接触。就像我对动物志的兴趣一样，我对动物园的历史也十分感兴趣。但是这个曾经象征王侯将相的奢华与对知识的好奇心的地方（例如亚历山大里亚或意大利的文艺复兴），如今已经变成了孩子们专属的乐园。如此看来，无论是近代的动物志还是动物园都变得越来越通俗。可是这真的是最终的结果吗？

虽然可以通过深层心理学提出证据，证明古老的动物符号仍未灭绝，但是在我看来，我们身边儿童的反应是最大的证据。没有不喜欢动物园的孩子，也没有孩子不喜欢拟人化的动物。就算现在我们与动物的关系越来越疏远，但是无论是谁，应该都曾对动物产生过心潮澎湃的感觉，我们只是将它压抑在意识的深层罢了。话说玛丽·波拿巴（Marie Bonaparte）女史曾在《埃德加·坡》（*Edgar Poe*）中再三论述过，精神分析学的俄狄浦斯情结与对动物的畏惧情感有很深的联系。我们不仅在古代巨龙传说中看到过这种例子，其实在可称为"通俗恐怖动物志"的科幻作品和电影中也能发现它。迪朗所说的"动物志的普遍性与通俗性"的含义，想必正是如此。

而且，在古代神话和奥维德的《变形记》中，有许多女人将动物视为性对象，用它们满足被压抑的欲望的例子，比如勒达与天鹅、帕西淮与牛等等。而且这种模式一直延续到夏尔·佩罗（Charles Perrault）的小红帽与狼、莎士比亚的《仲夏夜之梦》中提泰妮娅与驴的情节之中。后来，让·科克托在电影《美女与野兽》中重现了这一主题的美好。虽然它的发展看似越来越通俗，但是我认为并不需要为近代的动物志感到悲观。

我们可以想一想，梅尔维尔在《白鲸》中倾注了他的"鲸学"积累；刘易斯·卡罗尔在"爱丽丝"等作品中描绘了惹人喜爱的柴郡猫、渡渡鸟与蛇鲨①。巴什拉曾经尝试体系化地研究洛特雷阿蒙（Le Comte de Lautréamont）的恐怖动物志，卡夫卡也曾经写下值得纪念的全新的变身神话。除此之外，卡夫卡还写过几篇小说，其中出现了不知究竟是什么的动物（例如《乡村婚礼的筹备》中出现了形似袋鼠的动物）。萨特曾经引用中世纪的动物志作者欧坦的奥诺里于斯、亚历山大·尼卡姆（Alexander Neckam）和布鲁内托·拉蒂尼等人的名字，强调让·热内②的作品与他们的作品之相似。"虽然价值观不同，但是生活在二十世纪工业生产环境中的我们，见证了三种中世纪产物的出现，那就是让·季洛杜③的著作、《尤利西斯》和《鲜花圣母》。"

---

① 蛇鲨，出自《猎鲨记》(*The Hunting of the Snark*)。
② 让·热内（Jean Genet, 1910—1986），法国当代著名小说家、剧作家、诗人、评论家、社会活动家。
③ 让·季洛杜（Jean Giraudoux, 1882—1944），法国作家、外交官，以剧作著称。

最后，我想补充一下欧坦的奥诺里于斯的《幻想动物学提要》。加上这本书之后，这篇文章得以基本涵盖了所有近代和现代文学中主要的动物志。也许寻求原型的想象力决定了现代的动物志的全新形式。而且我在此宣言，我未来一定会写一部属于自己的《动物志》。

关于纹章

紋章について

Henricus : R : Septim

阅读西欧的文学作品时，会发现其中不时冒出与纹章相关的繁琐说明和比喻，这会让不熟悉它的读者感到大脑有些混乱。例如我接下来引用的若利斯-卡尔·于斯曼（Joris-Karl Huysmans）的文章（引自《逆流》第四章），作者并非故意使用艰涩的比喻，它可以被当作由视觉型作家创作的充满巴洛克式技巧的文章：

> 宛如黑底白斑（Contre Hermine[①]）的巨大挂毯一般，漆黑的天空中散布着斑斑白雪，挡在他的面前。冷风呼啸而过，它加速了雪的狂飞乱舞，在一瞬间颠倒黑白。纹章一般的天空挂毯被翻转，只能在下落的

---

① 法语，指"反色的白鼬"。白鼬，学名 *Mustela erminea*，其毛色随季节不同，夏季毛色背部为灰棕色，腹部为白色，足背为灰白色，冬季毛色除了尾端黑色，全身纯白。

雪之间看到点点黑夜，因此它现在变成了白底上散落着黑色斑点的、真正的白底黑斑（Hermine）。

无论是黑底白斑还是白底黑斑，这些称呼都源于自古以来其毛皮被欧洲贵族视为珍宝的一种像貂的小兽，它是著名的布列塔尼半岛的盾形纹样之一。我认为于斯曼所写文章的有趣之处不仅在于用纹章比喻雪景，而且文章本身虽描写了现实中的雪景，却极好地去除了其中的现实感，在抽象的虚空中描绘出了纹章学式的形象。我之前形容其为"巴洛克式技巧"，也只是用其他方式讲述同一件事而已。以这种方式写作的作家，除了于斯曼，还有二十世纪的让·热内。我在之后会讲到让·热内对纹章学的独特见解。

纹章学与宫廷礼仪、骑士精神和马上长矛比武等一样，是在中世纪欧洲封建贵族社会中盛开的一朵复杂微妙的花。要说没用，那恐怕没有什么学问比这个更没用了，所以赫伊津哈将其称为中世纪文化的游戏式要素之一，并非没有道理。在这一点上，欧洲纹章学的发展也与日本家纹的母体"有职文样"①的发展有些许相似之处。也就是说，这一体系是排他的神秘主义式的体系，它促进了只有专家才明白的、难以理解的象征主义的发展。

---

① 有职文样，指自平安时代以来，公家阶级在其服装及用品中所使用的传统纹样。

举一个例子，纹章学与赫尔墨斯主义①之间有紧密联系。盾形纹章的图案一般只允许使用金、银、紫、绿、红、青和黑这七种颜色，这些颜色每一种都有对应的一些象征。比如金色可以体现太阳（星体）、黄金（金属）、黄玉（宝石）、周日（星期）、未满二十五岁的青年（年龄）、圣体（圣礼）、信仰（神学的美德）、富裕（世俗的美德）等；银色可以体现月亮（星体）、银（金属）、珍珠（宝石）、水（元素）、周一（星期）、未满七岁的孩子（年龄）、黏液质（气质）、洗礼（圣礼）、希望（神学的美德）、纯粹（世俗的美德）等。其他颜色与此相同，而且还会以特殊的法语用法来称呼它们，例如将绿色称为 Sinople（一种金属矿石②），将红色称为 Gules（来自波斯语中的"红色"③），将黑色称为 Sable（黑貂）等。纹章学主要是以十二世纪与十三世纪的诺曼王朝，也就是在法国拥有广阔领土的、源于英国的金雀花王朝家族的宫廷为中心发展起来的。

我最近兴致盎然地阅读了国际纹章学协会会员罗贝尔·维耶尔（Robert Viel）的著作《纹章的象征式起源》（1972年），通过这本书，我愈发认为，我们应当纯粹地

---

① 赫尔墨斯主义（Hermeticism），笃信希腊神话中的神祇赫耳墨斯；据说是赫尔墨斯发明了钻木取火。该主义盛行于十五世纪欧洲文艺复兴时期，后来甚至影响到占星术和炼金术。
② 可能指祖母绿。
③ 这一语源尚有争议。

图 25　怪异的纹章

将纹章视为西欧中世纪的文化现象。

维耶尔虽然经常在书中引用列维-斯特劳斯的《图腾制度》等著作，但是他并没有积极地证明图腾动物是纹章符号的起源，甚至斥责以往民族学的图腾制度概念是列维-斯特劳斯的幻想。我在此试着简单概括维耶尔长达三百页的论述，作者想要说的就是：人类有两种倾向，分别是作为个人彰显自我存在的倾向，以及想要归属于某种共同体的倾向。在图腾中表现出来的这两种基本倾向被原动力合二为一，渐渐演化成纹章的符号。也就是说，如果像列维-斯特劳斯所说，"作为拥有许多责任的社会人格"的个体既是"扩张氏族的一员",也属于"单系血缘集团",而且还拥有作为"个体"的自觉的话,那么纹章的历史一定可以反映这些方面。"图腾的象征与其他各种礼仪的象征一样,是为了引导个体自身而使用的、意识形态的标志。"这一点可以被视作无可辩驳的道理。

因此,维耶尔的论述是以纹章学概念终于成立的十二世纪的诺曼王朝,即亚瑟王和圣杯传说的时代为中心的。

我为了强化自己的理解,在此一边参考维耶尔的论文,一边尝试简要论述纹章学的历史。

*

艺术史家埃米尔·马勒在《法国十二世纪的宗教艺术》一书中,论述到罗马式雕刻的柱头部分中幻想生物的表现时,曾写道:"纹章艺术比我们的中世纪更早,它诞生于几百年前的迦勒底。"恐怕不仅是迦勒底,在埃及和希腊等地,甚至是罗马,都有许多可以被称为纹章艺术的、被设计出的动植物造型表现吧。纹章艺术不一定来自纹章学。纹章学中最需要的是规则,在规则中最重要的是纹章的占有制与世袭的传承制。而纹章艺术则产生于与这种规则没有关联的个人艺术想象力,比如古希腊的盾牌装饰有战士依据个人喜好绘制的狮子、龙、猪、鱼等抽象的象征符号,但是我们不能将其视作狭义上的纹章。

在纹章的进化过程中，不能忽视著名的"贝叶挂毯"（Bayeux Tapestry），这幅挂毯创作于十一世纪中期，绘制了诺曼人征服英格兰的故事。在诺曼骑士们狩猎的场景中，每块盾牌上都画着各种各样自古而来的个人徽章（emblem）；但是在与英军战斗的场景中，所有人的徽章被统一为龙形。而敌方，也就是英格兰军队的骑士们的盾上画着Swastika，也就是逆"卍"字纹。我们可以发现，此时纹章不再专属于个人，它渐渐地变成了集体所有物。

接下来需要注意的是一幅制作于十二世纪中期的珐琅肖像画板，它通常被称作"勒芒珐琅"，其上绘有安茹的若弗鲁瓦五世。因为他在帽子上插着金雀花（拉丁语为 *Planta genista*）的嫩枝，所以他建立的王朝被称为"金雀花王朝"。这面画板是在这位生于法国的英国王朝先祖死后为他制作的陵墓装饰，他在画中呈站立姿势，身着绿色长袍、披斗篷，一只手握着剑，另一只手拿着一块细长的盾。盾上画着四匹豹子，他的帽子上画着不同姿势的同一种豹子（但是画中出现的不是盾的正面，而是侧面，所以实际上应有八匹豹子）。这四匹豹子已经摆出了在纹章学中被称为rampant（即用后脚站立）的姿势，可以看出它的排列顺序与后来规则化的纹章排列一样。可是在维耶尔看来，这仍不能称作真正的纹章，因为这时还没有完全实行世袭制。但是可以说，我们已经从中看到了盾形装饰组

图 26　安茹的若弗鲁瓦五世的珐琅肖像画板

织化的起源。

以上先告一段落，接下来我们仔细看看豪华的"勒芒珐琅"的盾形，分析几种在纹章中出现的符号。

虽然画板被拍成照片再印刷成图很难看清，但是仔细看可以看到盾上有四匹（其实是八匹）豹子，此外刻着放出四条光芒的 Escarboucle（宝石）图案。因为这是从侧面描绘的盾，所以这颗突起的宝石的位置其实在盾的中央，看上去却像是靠在盾的右侧。自古以来，在拉丁语中被称为"脐"（umbo）的、盾中央的突起物，与被安置在德尔斐神殿的神石翁法洛斯一样，都是世界中心的象征。也就是说，Escarboucle 就是翁法洛斯，是神圣的世界中心。

在此也必须讲一讲豹。豹（Panthère）在中世纪的动物志中是想象中的怪兽，它有狮子的身体、狮鹫的前脚、公牛的后脚，还有豹子（真正的豹子[①]）的尾巴，它的嘴巴和鼻孔可以喷出火焰。拉丁语中的 Panthera 有"各类野兽"的含义，所以豹被视为神圣的异教怪兽，它与龙几乎地位相等。因此，若弗鲁瓦五世的盾上描绘的两个主题——"宝石"与"豹"，都是表达神圣世界的中心的符号，它们彼此呼应。赫尔墨斯主义与纹章学在这个时代互相融合。

---

① 括注中的"豹子"原文作"レオパール"，日语中豹子（leopard）为"レオパード"，疑原文有误。

纹章的世袭制约在十二世纪后半到十三世纪尝试确立,观察这个时代,会发现古代的盾上所绘主题的多样性在渐渐消失,逐渐变成同一种主题,就是狮子。狮子不仅出现在盾上,它在当时的武功歌[①]中也经常出现。比如理查一世被称为"狮心王",英国和法国的国王也经常以它作为称号。这似乎是受到了基督教的极大影响。狮子是基督教的动物,人们认为它可以打败龙这种异教动物,或者撒拉森[②]文化的动物。因此,狮子主题的图案作为想要葬送过去异教文化的天主教会的祝福而出现在盾的图案上。

纹章主题的多样性被重新发展是在十三世纪以后,也就是世袭制确立之后。至少从主题分析的角度看来,纹章的历史是在重复扩大与缩小的过程。这就是列维-斯特劳斯的基本思考方式所暗示的、由个人倾向与共同体倾向合二为一的原动力说。基督教在中世纪推崇共同体倾向,因此将纹章的主题统一为同一种,这为世袭制的确立做出了贡献。但是被统一的狮子主题就算想要通过颜色、数量和姿势产生变化,也不免显得单调,因此追求主题多样性的个人倾向再度凸显出来。从某种角度看,这明显是基督教的

[①] 武功歌(Chanson de geste),一种中世纪叙事文学、法国文学初期的史诗。已知的最早诗歌可追溯至十一世纪末至十二世纪初。
[②] 撒拉森(Saracen),中世纪欧洲人对阿拉伯穆斯林,以及土耳其人、波斯人和其他穆斯林的泛称。

世俗化，也是符号价值的下跌。每当纹章学的形象丧失其神圣内容时，就会百花齐放。

比起王室纹章，我们更熟悉一些个人徽章，比如弗朗索瓦一世的火蜥蜴、路易十二的豪猪和让·德·贝里（Jean de Berry）的小熊图案。查理六世选择了鹿，皮埃尔二世·德·波旁则选择了有翅膀的鹿。两只灵缇支撑瓦卢瓦家族的腓力六世的盾牌，约翰二世的则是两只天鹅。英格兰的理查二世的徽章是白鹿，亨利七世的是红龙。——埋藏在记忆深处的图腾动物接连出现在中世纪贵族社会中。

关于中世纪贵族社会与纹章的关系，让·热内曾经写下精彩点评，我在此一定要引用一番。

> 无论罗马和印度的贵族、公元一千年前后的法兰克贵族，还是我国已崩溃的贵族阶级，他们都没有得到宗教的荣耀这一利益。我认为，可以在纹章的制定中看到其理由。虽然我的责任并不是研究动物、植物和物品为什么成为标志，但是我意识到刚成为军队领导者的贵族们，似乎就藏在作为标志和符号的盾形纹章背后。这军队中可以被称为美学的一部分，被突然地投入崇高的领域、抽象的虚空之中，并加以记录。而正是凭借这些表示与记录，这些军队的领导者才成为贵族。并且，表现它们的标志越是神秘，就越

能够使平民感到不安,并不得不去追求这些标志更为深远的含义。(《玫瑰奇迹》)

我认为没有比让·热内的点评更好的了,他通过社会学和心理学完美地阐释了纹章的秘密。而且我认为,这段点评也是对热内自身的语言美学的最佳批评。

热内像爱自己的名字一样爱着金雀花,有时甚至幻想自己是金雀花的精灵。在我看来不可思议的巧合是,他与在纹章的历史中起到重要作用的、中世纪的金雀花王朝有血脉联系。热内自己似乎也注意到了这一点,因此他在《玫瑰奇迹》的开头部分提到了若弗鲁瓦五世的"豹与花菱十字架纹章"。如果要在热内的小说中寻找与纹章相关的比喻,恐怕数不胜数。

*

关于与纹章的关联,我还想讲述一下也被称作"纹章"的 Blason(纹章诗),这是十六世纪在法国里昂派诗人中流行的短小诗歌体裁。

> 啊,乳房,我思念的栖居之处,
> 从下颚下方开始规整地延伸,
> 直到白色胸口。

> 你是一块棋盘,
>
> 男性乃至神祇们纷纷在你的身体上,
>
> 向着它奔跑、一争胜负。

这是从莫里斯·塞夫(Maurice Scève)所写的《乳房赋》的五十八行中随意摘出的六行,不过从这几句之中就可以明显把握巴洛克时代流行的"纹章诗"的特征。

在此说明,纹章诗是十三世纪开始出现的诗歌形式,起初如名称一样,通过纹章学描写来说明盾形纹章的构图。可是后来,它变成了赞美或批评女性肉体的各个部分的诗歌。不,不仅是女性肉体,物品、家具、动物、植物,甚至宗教和道德都成了它的描写对象。但是最有名的、时至今日仍最受爱好者们喜爱的诗歌,是在克莱芒特·马罗(Clément Marot)的影响之下,由许多里昂派诗人创作的情色诗歌"女体赋"。这些"女体赋"中大多是平庸诗人的作品,但是莫里斯·塞夫因其写作时的象征手法,不时被与后世的马拉美进行比较,由此可见他的作品当然鹤立鸡群。

作为诗歌的纹章,无论是形式还是内容都没有任何纹章学的含义了。甚至有像米哈伊尔·巴赫金一样的评论家从拉伯雷式的讽刺角度出发,将其视为大众文学。宫廷风格的纹章的幻影此时已经消失殆尽。但是我认为莫里斯·塞夫那既典雅又充满技巧的语法,可以同我之前引用的于斯曼和热内的文章相媲美。在他笔下那寒冷、坚硬的形象背后,潜藏着纹章的幻影,而且这一点不仅体现在塞夫的《小宇宙》(*Microcosme*)这篇长篇诗中。我认为塞夫的语言之美本身就如纹章一般。

我之前提到纹章诗与枫丹白露画派,或纹章诗与十六世纪静物画的对比,指出诗与美术之间有某种平行关系。缜密描写女性身体的纹章诗作者与枫丹白露画派的相似之处,就在于都有恋物癖这一点吧。还有,那些在观察动植物、蔬菜、乐器、时钟与贝壳等物体时,与观察女性的身体细节一样,展现出恋物癖情结的静物画家们,也许与纹章诗作者遵循着同一种冲动。——简而言之,我感觉他们或许都想将物体纹章化吧。

"在描绘花的作品中,每朵花的背后都有寓意。静物画中的每一个物体都有其本身的含义与其象征含义。"这是赫依津哈在《伦勃朗的世纪》中写下的内容,但是这句话的内容与我想说的有些许不同。有必要在此引用萨特评价热内的一段毫无破绽的文章:"热内将主人公们和与之同化的动物、植物与事物精简,使其获得纹章学式的形象所拥有的那种坚硬感。"如果再次使用热内曾用过的比喻,那就是像中世纪贵族藏在盾形纹章背后一样,塞夫笔下的乳房棋盘、于斯曼的白底黑斑的雪景等都丧失了物品本身的含义,成了冷酷且壮丽的纹章学式的形象。

如此看来，纹章学式的关注恐怕就在于对"从物体转变到形象"方面的关注。用我的比喻换句话说，就是杀掉动物，将其美丽的外观完整保留并剥制成标本。也可以说是制作昆虫或贝壳标本。塞夫将美丽的乳房剥制成标本、于斯曼将华丽的雪景制成了标本。

阿尔贝-马里·施密特曾经准确地表达过与我相同的想法：

> 里昂的人文主义者们完成的纹章诗不是想当然的**叙事诗**，而是**客观的诗歌**，准确地说（如果可以化用里尔克的著名表述），是一种**物体诗**。也就是说，对里昂的诗人们来说，关键在于要按照押韵式的熟练方法创造出**诗一般的现实**这种**小小物件**。他们通过发表纹章诗，将自己的世界用无关的、绝对的创造物填满，并以此获得成功。（《十六世纪研究》）

无论将重点置于物体还是与之相反的形象上，都可以从差异不大的角度观察它们，最终得出同一种结论吧。阿诺德·豪泽[①]曾经称赞塞夫为十六世纪最伟大的风格主义诗人，并出色地将其作品特征归纳为"官能的精神化

[①] 阿诺德·豪泽（Arnold Hauser, 1892—1978），匈牙利-德国艺术史学家、社会学家。

图27 沙特尔主教座堂的双胞胎，可以看到盾上装饰着石榴石

与精神的官能化"(《风格主义》)。如果把我至此为止所叙述的内容按照这种句式表达的话，那就是"物体的形象化和形象的物体化"吧，我可以欣喜地从中看出纹章的幻影。

在塞夫的诗集《Délie》[①]中，第四百零八首是一首吟咏乳房的诗歌，在此摘录一部分。

> 忍受苦难直至最后，我的悲伤灵魂
> 变成空壳的肉体。啊，就算将被死神打倒，
> 我也不会违背意志，继续忍耐岁月流逝，
> 就像摩索拉斯王的陵墓，或金字塔。
> 但是您的馨香的乳房，太太，
> 这是唯一适合我的、潮湿的墓。

在此，乳房被比喻为古代东方"世界七大奇迹"的巨大石制建筑，可以说它惊人地实现了纹章学的奇迹。

---

① 全称为 *Délie, objet de plus haulte vertu*。涩泽龙彥采用片假名"デリー"，未对诗名做出解释。

希臘的陀螺

ギリシの独楽

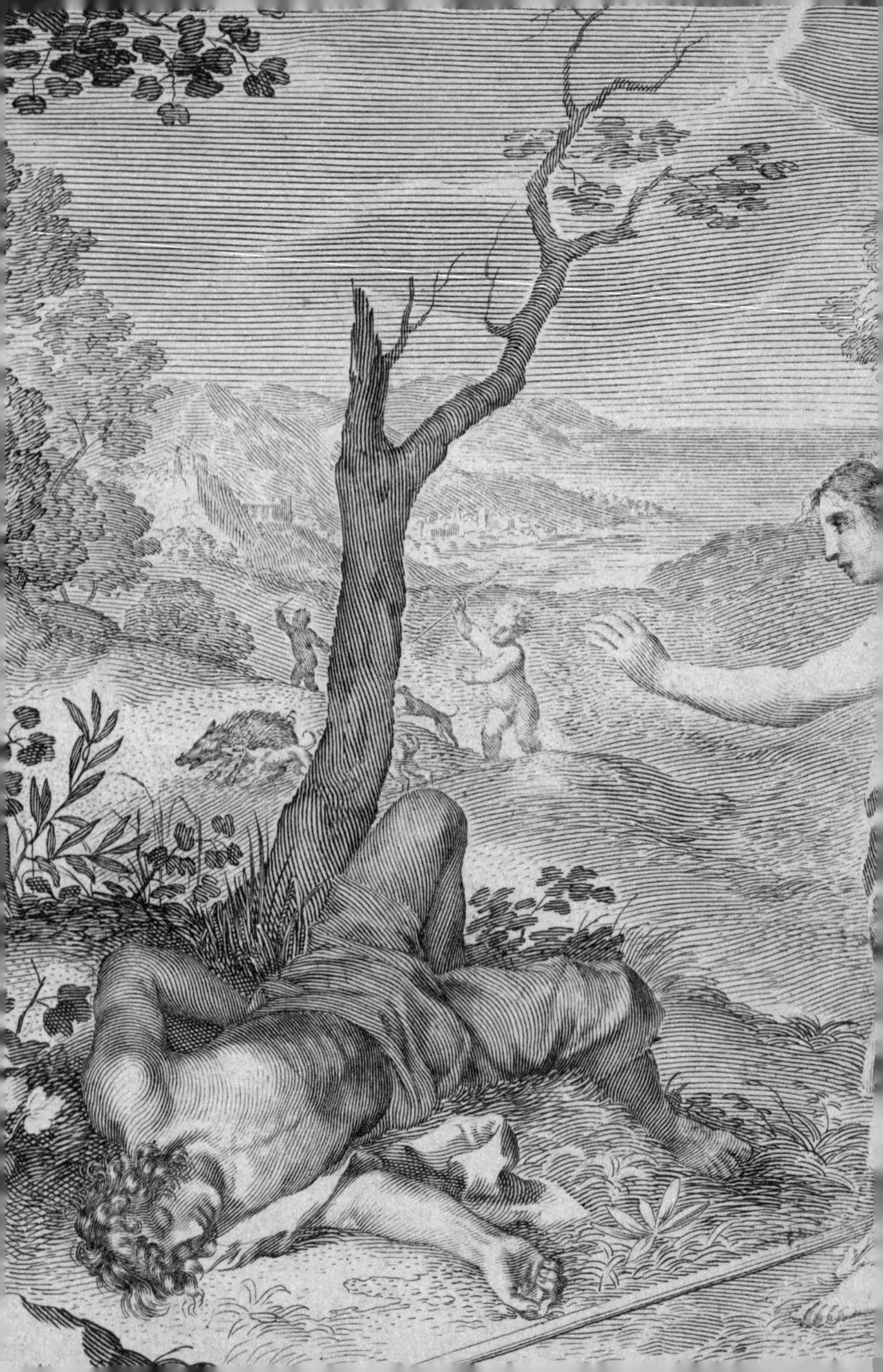

阿里斯托芬的剧作《吕西斯特拉特》中提到，一群被吕西斯特拉特煽动的女人占领了卫城，她们甚至将水浇在合唱队的老头们的头上，引发了一场大骚乱，看到这件事的官员曾将其与阿多尼斯节上的疯狂行为相提并论。

人们的狂暴胡闹、肆无忌惮何时能了！震耳欲聋的鼓声，
萨巴兹奥斯庆典式的狂呼乱叫，
还有在阿多尼斯神庙屋顶上的哭泣哀号，
在公民大会上时常可以听到。
当德摩斯特拉特向西西里
派遣舰队，女人们就哭喊：
"我的阿多尼斯，你何时才能回来！"
当德摩斯特拉特提议

在扎库提亚招募重装步兵，
女人们又喝得醉醺醺地在屋顶上尖叫：
"呜——呜——，阿多尼斯，我们为你痛哭！"[1]

詹姆斯·弗雷泽曾经详细介绍过阿多尼斯节，这个节日是为了纪念被阿芙罗狄忒所爱、在尚是少年时不幸遇难的美人阿多尼斯的祭典。它起源于塞浦路斯岛，专由女性主持。这个节日在公元前五世纪末开始在雅典流行。在祭典上，女性们用壶和花篮播撒植物的种子，也就是播撒小麦、大麦、莴苣和茴香等谷物和蔬菜的种子，让它们在夏天的阳光下茁壮成长。但这其实是在种植反季节植物，而且屋顶上的强烈阳光会毫不留情地灼伤它们，所以即便植物发芽了，过不久也会枯萎。这就是所谓的"阿多尼斯花园"，把阿多尼斯视为植物之神和谷物之神的弗雷泽，将这种由女性进行的奇妙的植物栽培行为理解为"促进植物生育或复活的咒术"。之前引用的阿里斯托芬的剧作中提到"屋顶上的女人"，毫无疑问指的就是"阿多尼斯花园"的故事。

可是，我最近颇有兴致地阅读了法国神话学家马

---

[1] 引用自《古希腊悲剧喜剧全集7：阿里斯托芬喜剧（下）》，埃斯库罗斯等著，张竹明、王焕生译，译林出版社，2015。与涩泽龙彦所引高津春繁日译本略有出入。

图 28　将"阿多尼斯的花园"搬上屋顶的女人　希腊壶绘

塞尔·德蒂安[①]的《阿多尼斯花园——希腊的香料神话》（1972 年）一书，这位年轻的作者惊人地颠覆了弗雷泽那些已成为大众常识的观点，他提出了一个新看法——阿多尼斯不是"死而复生"的谷物之神，而是从没药树中诞生的香料之神，一个作为诱惑者的神。

我本就不是专家，所以无法断言德蒂安惊人的新观点是否拥有被全世界的研究者接受的正当性。但是他似乎学习过列维-斯特劳斯的方法，他以阿多尼斯的神话为中心，一个接一个地旁征博引类似的神话。这位年轻作者的

---

① 马塞尔·德蒂安（Marcel Detienne，1935—2019），比利时历史学家、古希腊领域的专家。

笔法可谓华丽至极，至少对我这种门外汉读者来说很有说服力。

对于坚持弗雷泽观点的学者们来说，在夏天烈日下枯萎的"阿多尼斯花园"通常被视为祈求枯萎的植物再生的农耕仪式之一，这一点早成定论，无须再议。但是"阿多尼斯花园"的真正含义难道不应该是与农耕仪式相反的吗？比如柏拉图在《斐德罗篇》中提到："懂得事理的农夫如果珍惜自己农作物的种子，想让它们结出果实，那么他真的会在炎热的夏天将种子播在'阿多尼斯花园'，为它在八天里迅速成长而感到高兴吗？"如此说来，一般提到"阿多尼斯花园"时，不就包含着"短暂的""表面的""未成熟的""无根的"之类的含义吗？而如果真的遵循这种思想的话，那么"阿多尼斯花园"的促成栽培行为怎么可能是在祈祷植物生育和丰收呢？它不根本就是反其道而行之，在否定得墨忒耳①吗？

在刚才引用的文章之后，柏拉图继续写道："如果农夫想造出'阿多尼斯花园'那样的东西，这是为了安慰或娱乐，想认真实现目标，那么他需要使用农业技术，将种子播撒在合适的土地上，等待八个月，最后为自己播下的种子结出果实感到满足才对。"这才是忠实于得墨忒耳原理的农夫。

---

① 得墨忒耳（Demeter），地母神、丰产及农业女神，也是婚姻和家庭的保护神。

德蒂安指出，希腊的种种与阿多尼斯的故事相关的神话，均以得墨忒耳与阿多尼斯的对立关系展开。如果前者是谷物之神，那么后者就是香料之神；如果前者意味着合法的婚姻，那么后者就意味着婚外性关系，也就是诱惑。就像诱惑是结婚的对立物一样，香料也是谷物的对立物。如此一来我们便能明白，德蒂安结合了植物学与社会学这两个领域来解读神话。

神话中阿多尼斯是塞浦路斯国王喀倪剌斯（Cinyras）和他的女儿密耳拉（Myrrha）乱伦生出的美少年。"密耳拉"的含义正是"没药"，事实上她因为近亲私通之罪被变成一棵没药树，这棵树开裂后生出了阿多尼斯。阿芙罗狄忒爱上了这位美少年，她将他藏进箱子里，请求珀耳塞福涅养育他。可是珀耳塞福涅也被少年的美貌打动，不肯将他归还。最后，宙斯要求阿多尼斯将一年分成三份，用三分之二的时间陪在两位女神身边，剩下的三分之一时间自由支配。可是阿多尼斯后来在打猎时被一头野猪顶死了。——如果将这一连串神话分成两个阶段，那么首先是第一阶段，也就是密耳拉因对阿芙罗狄忒不敬且拒绝父亲介绍的婚姻而被女神厌恶[①]，女神使她成了父亲的诱惑者。第二阶段是阿多尼斯以自己与生俱来的美貌，先诱惑了阿

[①] 传说中密耳拉被阿芙罗狄忒厌恶，是由于她的母亲肯刻瑞伊斯（一说墨塔耳墨）夸下海口，说密耳拉（或肯刻瑞伊斯）的美貌与阿芙罗狄忒不相上下，故阿芙罗狄忒诅咒密耳拉，使其爱上父亲。疑作者笔误。

芙罗狄忒,又诱惑了珀耳塞福涅。这两个阶段有相同的模式,无论哪个都可以将香料与诱惑作为主要概念。

在希腊语中与情色相关的词汇里,"阿多尼斯"是"香料"和"恋人"的同义词。他也正是作为没药的孩子、作为恋人而诞生于世的。而且他的命运就像"阿多尼斯花园"的植物发育一样,既早熟又不育,没能结出任何果实。他在短暂的热恋和精力的浪费之中迅速迎来性无能与死亡。在这里需要注意,"不育"与"精力过剩"就像是盾的两面。之所以这么说,是因为它们都是与婚姻和得墨忒耳式的丰收,也就是正常的性生活相对立的概念。我们不能忘记,对于希腊人来说,阿多尼斯的形象绝非有妻子的男人,不,他不算是男人,只是一位情人,甚至是一位女性化的情人。

阿多尼斯节于七月的盛夏之时举办,在这个太阳和天狼星同时升入天空的酷暑季节,无论是植物群体还是人类群体,天狼星那灼烧一般的热量都会为其带来异变。首先,"阿多尼斯花园"中的新芽会以异常的速度长高,同时助长了没药的产量。而在人类之间,它会扰乱夫妇关系秩序,带来男女之间的危机。因为天狼星的热量,女性的性欲会达到高峰。回想一下,这就像阿里斯托芬的原文中提到的那样,阿多尼斯节就是专属于女性的癫狂节日,"震耳欲聋的鼓声,萨巴兹奥斯庆典式的狂呼乱叫"[1]。阿多尼斯节的主旨与雅典的正式节庆完全不同,具有私人的、秘密的性质。它不会在公共场合或者寺院举行,而是在个人的家中举办。当然,也可以将其视为发生了一场和阿多尼斯同阿芙罗狄忒的关系一样的婚外性关系。

在阿提卡地区,有一个性质与阿多尼斯节完全相反,却也只有女性参与的节日。这就是在麦子的播种期举办的纪念得墨忒耳的立法女神节(Thesmophoriazusae)。阿多尼斯节上的场景是娼妇云集、癫狂的女性醉酒发疯,与其相对,立法女神节的景象却很严肃。在希腊,这个节日只允许市民的正式妻子和已婚女性参与。在举办节日的三天中,维纳斯式的快感被禁止,甚至不允许她们与丈夫接触。可见,此处也出现了得墨忒耳和阿多尼斯之间的基本对立,如果说阿多尼斯节是性解放的节日,那么得墨忒耳节就是禁欲的节日。那么我们也就无须多提禁欲和结婚之间一体两面的关联了。

我在这里简单解释一下阿多尼斯的死。虽然他是在狩猎时被野猪顶死的,但是阿多尼斯本就不是战士或者猎人,所以他的死相完全是一个被女人庇护的胆小情人。据传说,他在被野猪袭击的时候,逃进了莴苣丛。也有说法是阿芙罗狄忒将他藏进了莴苣中,甚至还有传说认为她将

---

[1] 原文引自高津春繁的日译本,译为"どんちゃん騒ぎ、酔払いの神さま騒ぎ"(吵吵闹闹,为神而醉)。

阿多尼斯的尸体藏进了莴苣中。总而言之，重点都在莴苣上，就像没药与他的青春活力相关，莴苣与他的死有密不可分的联系。说到这里，据古代的植物学家和医生的观点，莴苣是既冷又湿的植物，会妨害男性的性功能。对于阿芙罗狄忒的年轻恋人来说，死就是不举。充满性活力的诱惑者阿多尼斯正是因此而在未成熟时变得不举，最终迎来死亡的命运。

阿多尼斯的露水一生，正与"阿多尼斯花园"的促成栽培行为有完全相合的性质。弗雷泽所持的将"阿多尼斯花园"视为农耕仪式的观点，在此被完全颠覆。

*

说实话，我在这篇文章中本想讲述伊印克斯（Iynx）这种与情色相关的古希腊咒术道具，阿多尼斯的神话其实只是序文。我阅读德蒂安的《阿多尼斯花园——希腊的香料神话》，也只是为了获得与这种咒术道具相关的信息。这本书的内容比我想象中更有趣，虽然我不擅长列维-斯特劳斯派的结构分析，但不知不觉间，我却越读越投入，逐渐沉迷进去。

德蒂安认为，以阿多尼斯神话为中心，同样以诱惑与香料为主题，形成了包括其在内的一连串神话故事。之前提到的密耳拉神话是与阿多尼斯神话一体的前传，除此之外还有牧神潘（Pan）的神话、变成薄荷的门塔（Mentha）的神话、变成鸟的伊印克斯的神话、被绑在旋转车轮上的伊克西翁（Ixion）的神话。这些神话无一不体现出与阿多尼斯神话共通的模式。不过我在这里尤为想要提及的，只有伊印克斯神话。

伊印克斯是潘与厄科（Echo，一说佩托［Peitho］）的女儿，但是她让宙斯喝下春药，使他爱上自己（一说伊俄［Io］）。这使得赫拉发怒，将她变成石像。还有一说是伊印克斯被变成了鸟。可以一目了然地看出，这个欲火焚身的女孩的故事是香料神话的变形。在希腊语中，Iynx 既是专有名词也是普通名词，它有三种含义。第一种含义是神话中出现的一种鸟，它既是神话中的鸟，也是现实中的鸟。第二种含义是我刚才提到的爱的魔法道具。第三种就是在神话中出现的、擅长使用媚药的女魔法师。

这种鸟在现实中的学名是 *Jynx torquilla*[①]，日文中叫"蚁吸"。它长得与啄木鸟相像，但是不像啄木鸟一样喜欢停在树上。亚里士多德在《动物志》中已经观察过它，它最突出的形态特征是颈部长，可以像蛇一样自由活动，甚至可以完全后仰。Torquilla 的本义其实就是"歪脖"。还有一点特异之处，它可以迅速地伸出长长的舌头，像食蚁兽一样吃掉蚂蚁。据说它会不停地摆动头和尾部，不时发

---

① 蚁䴕，俗名"歪脖鸟"。

图 29　蚁䴕　日语名为"蚁吸"

出像笛子一样尖锐的鸣叫声。这敏捷的动作和笛子一般的声音，恐怕正是将其与魔法道具和伊印克斯同一化的理由。

据品达（Pindar）的《皮提亚祝胜歌》第四节所述，阿芙罗狄忒将这种鸟安在小小的车轮上，制成拥有极大威力的魔法道具，并且用它诱惑美狄亚，让她接近伊阿宋。也就是说，这是作为爱的咒术道具的伊印克斯。在空中不断旋转的车轮上，绑着仿佛被车裂般的伊印克斯，品达将其称为"发狂的鸟"。有许多古希腊陶器上绘制着它，这种奇妙的咒术道具，似乎是那些做着为男女结缘买卖的女性们实际偷偷制作的。就像伊阿宋得到美狄亚的爱一样，用它就可以唤起恋人的欲望。

当然，实际情况中使用的伊印克斯上并没有绑着鸟，它只是一个小小的轮子。也有一些伊印克斯是边角突出的星形制品，中央有两个小孔，可以用长绳穿过。如果用手

图 30　伊印克斯　资料复原物

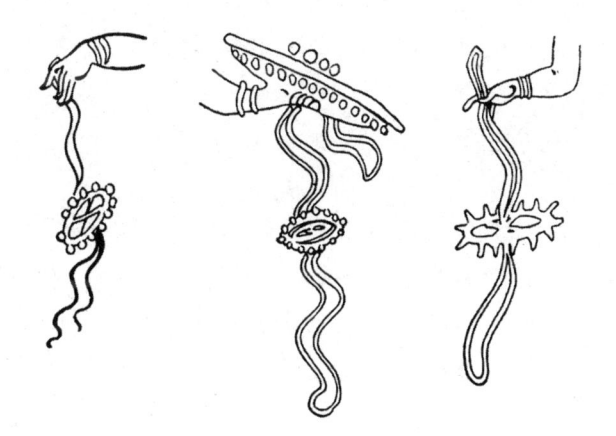

图 31　普利亚（Apulia）的水壶上的装饰图形，三种伊印克斯

握住绳子一端，在空中旋转着挥舞，它就会发出奇妙的声音。挥动方法不同，发出的声音也不同。所以在神话中，伊印克斯是厄科或佩托的女儿这一点不是没有原因的。众所周知，厄科是"木灵"之声化成的林中精灵，佩托是将恋爱中的"说服"拟人化而成的女神。据说被巧妙操纵于女魔法师之手的伊印克斯会发出像"发狂的鸟"的叫声一样的、类似笛子声的声音。

我之前提到，这种发声的咒术道具可以唤起男女恋人间的欲火，让他们互相接近，可它没有任何其他用处。忒奥克里托斯（Theocritus）所著《女魔法师》一诗，由被迫与恋人分离的女人所咏唱的九节咒语构成，各节重复九次诗句"伊印克斯，让那个男人接近我家吧"。正可以说，它除了作为爱的咒术道具之外什么都不是。

*

在古希腊的咒术道具中有一个常常与伊印克斯混淆的东西，叫"牛吼器"（Rhombus）。它是一块小木板，也需要绳子旋转，可以发出浑厚的低吼声。将这两种东西搞混并不奇怪。据埃利亚德说，色雷斯人将牛吼器的声音称为"扎格柔斯[①]的雷鸣"。

[①] 扎格柔斯（Zagreus），宙斯与珀耳塞福涅（一说得墨忒耳）的儿子，其心脏后成为狄俄尼索斯的一部分。

此外，据卡罗伊·凯雷尼的《忒拜近郊的卡比洛伊圣地》所述，牛吼器是"我们在民族学中所知的最简单的秘仪用具"，希罗多德的文字中提到它在古代弗里吉亚（Phrygia）的卡比洛伊（Cabeiri）秘术中受到崇拜，长着勃起男根的小矮人之神被视作牛吼器的灵魂。据凯雷尼的观点，不仅是弗里吉亚，对于古希腊人而言，像男根一样的物品本身就已经是拥有灵魂的了。

我第一次知道牛吼器并对它产生浓厚的兴趣，不是因为现在的神话学者的著述，而是一位十九世纪的小说家在作品中的几句描写。在被称为幻想文学（Conte Fantastique）先驱者的法国作家夏尔·诺迪埃的短篇小说《斯马拉，或夜之恶魔》中，它作为营造恐怖气氛的小道具之一得到了巧妙利用。夏尔·诺迪埃似乎是一位古代文学、神话传说的爱好者，这种利用小道具的方法有点学究气。

《斯马拉，或夜之恶魔》可称是一篇噩梦的散文诗一般的奇异小说，其不成故事的故事简单说来就是：在马焦雷湖旁的小镇里住着一位新婚宴尔的青年洛伦佐，他阅读阿普列乌斯[①]的《金驴记》太过入迷，到了晚上，他梦见自己被运到古希腊的色萨利，并在那里遇到逝世战友的亡灵，还遭受了魔女们歌声的烦扰。他遇到接连出现的恐怖

---

① 阿普列乌斯（Apuleius，约124—约170），古罗马作家、哲学家。

幻影，被吓得不轻。最后终于迎来清晨，他在新婚妻子的呼唤声中醒来。作者详尽地描写了以上一连串事件过程。在主人公的噩梦中，有一位与《金驴记》中的女魔法师同名的色萨利美女，名为梅洛耶，她用的道具正是牛吼器。我引用一段文章：

> 本以为她已经离开，没想到她手中拿着两根长长的象牙棒，再次回来了。两根棒子的前端被一根由十三根马尾毛编织成的绳子连接。她用它将绳子上的一个中空的、声音响亮的球形黑檀制牛吼器抛起。牛吼器在空中发声、低吼，伴着沉闷的响声不断回转翻飞，最终速度渐渐变慢，落了下来。

读过这一段文章，我们就可以明白诺迪埃印象中的牛吼器大致如何了。听上去这种东西似乎与日本自古有之的某种空竹状陀螺相似，在欧洲则与被称为 Diabolo① 的东西相近。如果说伊印克斯是一种扁平的轮状物，那么这种东西就是中空的球体，而且构造似乎更加复杂。……可是比起考察这些，我们不如来看看作者自己特意在《斯马拉》小说末尾添加的"关于牛吼器的注释"，它展示了作者的才学。他写道：

---

① Diabolo，一种杂耍道具，由一个轴连接两个杯形结构，与中国的空竹相近。

这个词被词典编纂者和注释者解说得十分不得要领，因此招致了许多奇怪的误解，为了以后的译者们，我写下一些与之相关的信息，应当不算徒劳。即便是考证学知识滴水不漏的诺埃尔（M. Noël），也只将它看作是"一种用于施行魔法的车轮"。可是，有一位令人尊敬的、与他同名的《渔业史》作者，由于某种鱼与它形状一致因而得名一致，竟误将牛吼器当成某种鱼了。这种在西西里和色萨利被人使用的神奇道具居然被误会成一种鲽鱼，与这般离谱的误会相比，还是被当成车轮要好些吧。琉善[①]曾经描述过青铜制牛吼器，总之，这一描述充分地证明了它不是一种鱼。达布朗库[②]曾将其译为"青铜之镜"，这其实是因为有被制作成牛吼器形状的镜子，误以为眼见为实的人并不少见。

以上引文中将牛吼器当成"一种用于施行魔法的车轮"的学者，明显将它与伊印克斯搞混了。Rhombus一般意味着菱形，有时似乎也指代鲽鱼、扁口鱼之类菱形的鱼。诺迪埃在文中提到的"形状一致因而得名一致"，一

---

① 琉善（Lucian，约120—180后），生于叙利亚，罗马帝国时代以古希腊语进行创作的讽刺作家。
② 达布朗库（Nicolas Perrot d'Ablancourt，1606—1664），法国希腊语、拉丁语古典翻译家及翻译理论家，法兰西学术院成员。

定是指这一点。即便如此,读诺迪埃的文章,我发现直到现在仍有许多学者像捕风捉影一般,对牛吼器的认识暧昧又模糊,这令我十分惊讶。在这篇文章之后,诺迪埃引用了几位古希腊、拉丁诗人的诗句,接连证明牛吼器与鱼和镜子无关,它与绳线一同旋转,是罗马孩子们玩的类似陀螺的玩具。他在最后得出以下结论:

> 恐怕不惜劳力阅读这篇注释的人,一定会问我牛吼器是什么。无论如何,我都可以断言,牛吼器只是一种小孩儿的玩具,别的什么都不是。将它抛上天空时,它会发出声音,带来一种可怕的魔法式的效果,正是因为这个古怪的印象,在当今,它以 Diabolo(恶魔)之名重现于世。

如此看来,确实如同诺迪埃所说,古希腊的牛吼器可以算作是一种能发声的陀螺。可是为什么它会与伊印克斯等相混淆,这更加不可思议。而且假如它是陀螺,则很难相信会有青铜制的陀螺,所以琉善的证词就显得很可疑了。

暂且不管古希腊,我们来放眼看看整个世界的民俗,以原始社会的仪式中仍在使用的牛吼器为原型进行考察,会发现诺迪埃断定其是陀螺的说法不一定准确。在此先引用埃利亚德的《宗教史概论》中的一段:

牛吼器是长约十五厘米、宽约三厘米的木片,一端有小孔,小孔中穿着绳子。在旋转时会发出雷鸣一般的牛啼声(英文名 bullroarer 即源于此)。只有经历过成人仪式的人才知道牛吼器是什么。在晚上,尚未经历成人仪式的人会听见丛林中传来神秘低吼声,这会令他们充分地体会到神圣的恐怖感。他们会在这低吼声中体会到神的接近。

不仅是古希腊,在现代的大洋洲和非洲,牛吼器作为一种乐器在仪式中的作用始终没有很大变化。归根结底,它发出的是唤起恐怖感的神明之声。据说阿帕奇族(Apache)的萨满可以通过旋转牛吼器成为不死之身,还可以通过它预知未来。还有,不断旋转的牛吼器也可以被视为生动的螺旋,似乎有人试图以此推导出螺旋的符号学含义。

不过,不得不承认原始社会和现代的牛吼器的构造,与古希腊的陀螺式牛吼器完全不同。从构造和使用方法来看,前者的确称得上与伊印克斯很相似。诺迪埃提到"招致了许多奇怪的误解",但是如此扩张概念,也许确实会带来误解。连欧洲都是这样,就更不用说日本了。例如某位日本翻译家将牛吼器翻译成"哗啦啦"①,可是"哗

---

① 原文是"がらがら",日文中手摇铃的俗称。

啦啦"明明与伊西斯（Isis）的秘仪中使用的乐器叉铃（Sistrum）更相近。罗歇·凯卢瓦的《游戏与人类》的翻译者虽然在翻译时加上了"笛子"作为补充，但是凯卢瓦的原文中根本没有出现笛子。

*

我必须在此坦言，我之所以对伊印克斯和牛吼器之类物件感兴趣，当然是因为想知道它们在古代起到了怎样的咒术式作用。虽然也有学术方面的兴趣，我最初对它们感兴趣，纯粹是因为被它们构造上的有趣之处吸引。

伊印克斯的形状像车轮一样，可是假如牛吼器的形状与 Diabolo 相似，那么应该是腰鼓状，也就是顶点相接的两个圆锥的形状。古代人想出了这种几何形态，至于这在他们的生活中起到怎样的作用，这个问题本身就唤起了我内心的某种惊奇之感。而且关键在于，这种几何形状的东西怎么看都不是为了劳动而制造的工具。

虽说有些唐突，我在脑海中想象这些道具的形象时，不由得联想起在卡夫卡的小说《家父的忧虑》中出现的"俄德拉代克"这个形似线轴的奇怪物体。不知俄德拉代克是为某种用途被人造出来的东西，还是自然的产物，它是个没有意义的、不知为何的物体。并且，就连作者卡夫卡为何在想象中创造出这种东西，对我们而言也是一个谜。正因如此，俄德拉代克的魅力才更加夺目。

如果认为牛吼器和伊印克斯多少有些与俄德拉代克相似的魅力，我想也许这是因为它们仍保留着不知为何的部分吧。

关于怪物

怪物について

DES VENINS.

Figure du poisson nommé Caſſilly.

CHAPITRE LIX.

NDRE' Theuet en ſa Coſmographie dict, que courant fortune en l'Ocean és coſtes d'Afrique, viſitant la Guinee & l'Anopie, il a veu le poiſſon cy apres repreſenté, ayant vne corne ſur le front en maniere d'vne ſcie, longue de trois pieds & demy, & large de quatre doigts, ayant ſes poinctes des deux coſtez fort aigues. Il ſe combat furieuſement de ceſte corne. Ceux de la Guinee l'appellent en leur jargon Vletif. Defunct monſieur le Coq, Auditeur

说到被视为近代科学先驱者之一的十六世纪法国外科医生安布鲁瓦兹·帕雷①，我就会不由自主地想起比他早十七年出生的瑞士外科医生帕拉塞尔苏斯。后者性格十分狂放且傲慢，从来不知道与人和解，一生放浪形骸，可称一介奇人。与他相比，帕雷算是个温厚老实的人文主义者，并且很擅长保身之术，从一介草民荣升为有地位有身份的瓦卢瓦王朝宫廷外科医生。他们的性格和经历完全相反。但是我所在意的并不是他们的性格和经历，而是这两位文艺复兴时期的巨人都丝毫不在意古典权威，他们将自己的经验和实验放在第一位，为治疗医学领域带来了全新的技术与发明。

　　巴塞尔大学将使用古典语（古希腊语和拉丁语）解读

---

① 安布鲁瓦兹·帕雷（Ambroise Paré，约 1510—1590），文艺复兴时期法国外科医生。

希波克拉底和盖伦①的书籍视为正确的研究道路，但是帕拉塞尔苏斯打破学院一直以来的惯例，他第一个使用德语授课，并且用德语写下著作。另一方面，帕雷在当时是个理发师兼外科医生，没有接受过正规的医学教育，所以不会古典语，只能用法语写作。他们在这一点上十分相似。当时的医学界很保守，他们自然饱受非议与迫害，在这一点上，他们的立场也是相同的。他们不分身份贵贱，向所有阶层的病人伸出援手，在作为医生的信念和使命感上，又怎么能说他们不相似呢？他们两人的知识来源并非古典，而是现实。

而且，两人一方面都是彻头彻尾的合理主义者，在另一方面又都是反映时代思潮、坚定地守护神秘主义哲学的人，如此说来，他们在这一点上也很相似。众所周知，帕拉塞尔苏斯是十六世纪最有名的魔法师，也是有名的炼金术师。与其相关的事迹和传说，我曾经记录过一些。那么，安布鲁瓦兹·帕雷的神秘主义究竟是什么呢？

帕雷是一位一流的写作者，甚至在法国文学史上留下了名字。在马尔盖涅②为他编纂的三册全集中，有许多篇目提到了畸形和怪物。例如在1573年献给于泽斯公爵

---

① 希波克拉底（Hippocrates，约前460—约前370），伯里克利时代希腊医生，被认为医学史上最杰出的人物。盖伦（Galen，129—约200或216），罗马帝国时期希腊医生、哲学家。
② 马尔盖涅（Joseph-François Malgaigne，1806—1865），法国外科医生、医学史家。

图 32 鳄鱼形状的一类怪物

（Duke of Uzès）的论文《人类生殖以及从母体取出胎儿的方法》的续篇中有名为《关于怪物和异象》的作品；在1582年献给某位军人的作品中有一篇《木乃伊、毒、独角兽与黑死病》[①]。而且他写过《关于动物及人类的优越性》，这些作品都体现出十六世纪特有的博物学趣味，以及在传说和科学分离之前知识分子对奇异自然现象的好奇心。

帕雷曾经列举出一些奇怪自然现象产生的原因，但是他的说明既不算有道理，也不算科学。有些对帕雷的合理主义精神抱有过高期待的批评家，对他神秘主义式的怪物嗜好、畸形嗜好感到些许不满，但是在我看来，这正是他对自然抱有强烈好奇心的证据，绝非不正常的行为。他观

---

① 该书原名为 *Discours de la momie, de la licorne, des venins et de la peste*。后文的《木乃伊和独角兽》推测亦指此书。

察五条腿的羊和两个头的牛，并将其作为展示品收藏在博物馆，这并不奇怪，而恰恰证明了他是正常的。帕拉塞尔苏斯坚信男同性恋的埋进地里的精液可能会生出怪物，而帕雷也坚信兽奸有可能导致怪物出生。

帕雷在怪物论中引用了希波克拉底、亚里士多德、老普林尼这类古代博物学者的名字，甚至大量引用了皮埃尔·博艾斯蒂奥①、安德烈·特韦②等同时代的怪物书籍作者和编年史作者的名字。可以看出他虽然不会古典语，但是通过翻译的书籍获得了博古通今的广泛知识。在他身上，甚至可以看出比利时的鬼神论者约翰·魏尔③和瑞士动物学家康拉德·格斯纳等人的影响。如果有机会，我很想介绍刚才提到的帕雷的《木乃伊和独角兽》，但是限于篇幅，在这里就只讲讲《关于怪物和异象》吧。

我们可以将《关于怪物和异象》作为一本想象之书阅读。其中不仅有文章，还有丰富的插图，它的形式不断激发着读者的想象。这些插图并不一定是帕雷的原创作品，有许多引用自格斯纳的《动物志》和特韦的《宇宙志》。特韦的《宇宙志》刊行于 1575 年，帕雷似乎是它的热心

---

① 皮埃尔·博艾斯蒂奥（Pierre Boaistuau，约 1517—1566），法国文艺复兴时期人文主义作家。
② 安德烈·特韦（André Thevet，1516—1590），法国方济各会神父、探险家。
③ 约翰·魏尔（Johann Weyer，1515—1588），荷兰医生、神秘学家、恶魔学家。

读者，并且在自己的著作再版时（1579年）大量引用了特韦的文章和插图。

这本书一共有三十八章，在第一章中列举了导致畸形发生的十三种原因，之后的章节展示了具体的例子。但是作者撰写得最认真的是临近结尾的第三十四、三十五和三十六章，这三章分别描写了"海的怪物""鸟的怪物"和"陆地的怪物"。这三章的插图也最多，对我来说，这部分是最有趣的。

先在这里列举一下帕雷总结的导致畸形发生的十三种原因。

第一种原因是神的祝福。第二种原因是神的愤怒。第三种是精液过多（导致双头婴儿、连体婴儿和双性婴儿出生）。第四种是精液过少（导致身体残缺的人类出生）。第五种是想象力（如果怀孕的女性进行妄想或总看同一幅画，就会将其反映在胎儿身上。例如埃塞俄比亚的女王总看绘制着白人女性的画，就生下了白皮肤的孩子；曾有孕妇观看穿着兽皮的圣约翰像，就生下了满身熊一般毛发的女儿）。第六种是子宫狭窄。第七种是孕妇长时间跷脚，坐姿不正，腹部受到压迫，导致胎儿畸形。第八种是孕妇腹部受到击打或从高处坠落。第九种是遗传病。第十种是腐烂（在墓穴和石头中，蛇或青蛙凭空出现）。第十一种是精液混合在一起（这是兽奸的结果，生出半人半兽的怪物）。第十二种是乞丐为了博取同情，假装自己是残疾人或病人（我不认为这能够归类为畸形）。最后一种就是恶魔的诅咒。

那个时代还没有遗传学或者胚胎学，从他列举的这十三种原因可以一目了然地看出，帕雷的说明既不科学也不合理。但是他列举了类似胎教的内容（第五种）等，这值得我们注意；还有他在讲述神和恶魔的超自然力量时，尽力在其中寻找合理的因果关系，这种努力值得承认。唉，我们需要承认书中有从传说到科学的过渡期的苦闷，必须按照字面意思适当评价这位十六世纪外科医生的心理学洞察力和观察力。

接下来，我们仔细读一读讲述海怪、鸟怪和陆地怪物的部分吧（即第三十四章以后）。

在"海的怪物"一章中，帕雷一边讲述海贝的种类多么丰富，一边写下感慨："海中有如此奇妙、如此丰富的贝类，自然是伟大的神的侍女，让我不由得感到她是在玩乐中造出了它们。"这类话在书中随处可见。我认为，自然拥有多样性，而且是和谐的多样性这一观念，是帕雷撰写博物学书籍的根本动机。

例如，他认为自然创造了奥罗布（Orobon，长着山猫头的鳄鱼）、阿罗埃（Aloes，长着鹫头的怪鱼）、海中蜗牛，还有鲸这样巨大的怪鱼，并以此为乐。帕雷称鲸为"海中最大的怪鱼"，而且说自己保存了一节它的脊椎，"将它作为珍奇物品保管在家中"。海中蜗牛指的是栖息在萨尔马提亚海（今波罗的海）的"像木桶一样巨大的"怪鱼，它的形状像陆地上的蜗牛，但是它有鹿一样的角，角的前端有像珍珠一样发光的球，而且眼睛像灯火一样闪闪发亮，疣鼻上像猫一样长着胡须，嘴可以张得很大，是一种靠四个鳍游泳或步行的水陆两栖动物。当然，在现实中这种生物不可能存在，但是当时的博物学者按照类推理论，半信半疑地认为大陆和海洋中肯定有相似的生物。

自然的智慧不会只满足于制造巨大怪物，它有时也会造出巨嘴鸟这类身体某一部位异常巨大的动物。不可思议的巨嘴鸟是一种"嘴比身体的其他部分都要大"的鸟，它只吃胡椒，因此体温总是超乎寻常地高。据帕雷说，这种鸟产于南美，曾经被献给法国国王查理九世，但是它很快就死了，所以自己将尸体解剖并做成了标本。除此之外，身体某一部位异常巨大的动物有长颈鹿，还有住在墨西哥的湖中、名为胡加（Hoga）的怪鱼，它长着像猪一样的头，性格凶暴，有时会袭击比自己更大的鱼类并吃掉对方。与之相反的是，大象虽然有巨大的身体，但是性格十分温顺。还有老普林尼也曾提到过的鮣鱼（Remora），这种小鱼可以吸附在巨大的船上，让它停止移动。世上有许多像这样无法通过外表看出的拥有奇妙特性的动物。鸵鸟身体结构虽然与鸟一样，但是完全不会飞；反之，飞鱼是一种鱼，却可以成群结队地从海里飞进空中。

精巧的自然时常像画家或者雕刻家一样精心创作。例如关于刚才提到的胡加这种鱼,帕雷有如下说明:"我想让大家看看这种鱼在水中嬉戏的样子,它简直像变色龙一样,一会儿变绿,一会儿变黄,一会儿变红。"这种像海里的野猪一样的怪鱼有按照螺旋形状整齐排列的鳞片,令人想到"自然的工匠技艺"。

我之前稍稍提起过,这种自然的精巧、调和的观念,成立于大宇宙和小宇宙彼此的互相反映,也就是新柏拉图主义哲学式的类推理论。事实上,帕雷的精神中也埋藏着"人类是一个小宇宙,是对大宇宙和世界的反映"这种哲学式信念。医学的目的也一样,通过了解人体各个部分的功能,来了解它的类推,也就是世界整体的和谐。了解人类就是了解世界,这种说法反过来也成立。这类想法在帕雷的书中随处可见。

老普林尼在《博物志》第九卷第二章中写道:"通过正确理由可以得出这样一个观念:凡是地上有的生物,在海里也有。海中不但有与陆地上的兽类形状相同的鱼,还有许多与陆地上的形状一样的没有生命的东西。有海葡萄、海剑、海爪等,还有与陆地上的黄瓜色泽味道均相同的海中黄瓜。这么说来,如果看到长着与马相似的头部的、有鳞的小鱼,还有感到惊讶的必要吗?"海葡萄一直以来是对一种褐藻的称呼,但是帕雷在引用老普林尼的文章时,进行了如下解释:海就是源源不竭无穷尽的生命储藏库,海的胎内住着拥有模仿各种事物的神秘力量的神祇。帕雷喜欢的一位同时代贵族诗人迪巴尔塔斯①曾在《神圣周》中写道：

> 海与同它相邻的领域完全相同，
> 它有玫瑰、有蜜瓜、有石竹、有葡萄……

图 33 巨嘴鸟

就像这首诗写的一样。值得注意的是，帕雷记录的"海的怪物"中绝大部分拥有与其他生物相似的特征。有特里同和塞壬这对以人类男女类推出的形象，还有海僧侣、海祭司、海狮、海马、海牛、海猪、海中母猪、海象等。简单来说，他只是将陆地上的生物原样移入海中，所以它们只是单纯的类推产物。也就是说，海在竭尽全力地反映着全宇宙，帕雷甚至不忘在书中提到长着角的海中恶魔。海是宇宙的一面诚实的镜子。在海洋生物之中甚至有模仿人类活动的东西。据帕雷说，热带产的鹦鹉螺"在海上模仿桨帆船奔驰"。还有一种海洋生物因为与帽子的羽

---

① 迪巴尔塔斯（Guillaume de Salluste Du Bartas, 1544—1590），法国作家、诗人，胡格诺派。

饰长得很像，被称为"海的羽饰"，它的前端与阴茎的形状相似，帕雷说"如果它活着就会膨胀变大，死后会萎缩"。

图 34 海中蜗牛

与帕雷同时代的意大利自然哲学家吉罗拉莫·卡尔达诺在《关于细致》中形容大海"充满生命力、充满怪物"，"所以自然为鱼赋予地面上的野兽的形态，通过特里同表现男人、涅瑞伊得斯表现女人，通过海象表现大象"。这段文字与帕雷的类推笔法相同，可以看出帕雷在写作时受到了卡尔达诺风格的十六世纪自然魔法的影响。

如果海洋是反映所有自然的镜子，那么在大海之外应该也有构成这种镜子的领域，这么想当然没错。帕雷在《关于怪物和异象》的第三十七章讲述了"空中怪物"，他一边论述天体的神秘，一边以类推理论进行分析。天上的星星有秩序地舞蹈，这与人类社会很相似吧；六颗行星紧密跟随太阳，这不就是贵族和国王之间的关系吗？

而且，帕雷在书中提到，与天界反映人间一样，也有下级领域反映上级领域的情况。他在书中写道："在石头和植物中，可以看到人类、动物的图像。"这也是从老普林尼到十七世纪的基歇尔这些人完全基于自然魔法而产生的思考方式吧。所以，帕雷在1568年的《论天然痘》中写下"丰饶的自然在优秀的小宇宙中投入了各种物质，以此让它更接近大宇宙那生机勃勃的感觉"也就不会让大家感到惊讶了吧。就像大宇宙模仿小宇宙一样，小宇宙也在模仿大宇宙。因此肿瘤、膀胱结石、体内生的虫等对于我们人类来说只是没有益处的多余物质，但是对于自然而言绝非如此。正是这些多余物质让自然实现了与宇宙的照应关系。

如此看来，世界由无限相互反映的形象群构成，事物虽然保持着各自的独立性，但绝非被封闭于各自的存在之中，它们不是孤立的个体，本质的连续性将它们结合在一起。接下来引用的著名法国鬼神论者让·博丹[①]的文章（《巫师的恶魔崇拜》，1580年），说明这种本质的连续是实现世界和谐的必要条件。

> 介于石头和土之间，有黏土和洞窟；介于土和金属之间，有白铁矿和其他金属；介于石头和植物之间，有生出根、枝和果实的石化植物，也就是珊瑚；介于植物与动物之间，有拥有感觉和运动能力、通过

---

① 让·博丹（Jean Bodin，约1530—1596），法国法学家、政治哲学家、国会议员和法学教授，因其主权理论而广为人知，在恶魔学领域亦有影响。

> 附着在石头上的根获得生存能力的海绵类或者植物一样的动物；介于陆生动物和水生动物之间，有河狸、水獭、乌龟、淡水蟹等水陆两栖动物；介于水中的鱼和鸟之间，有飞鱼；介于野兽和人类之间，有猿猴和长尾猴；在所有的野生动物和智慧的自然（如天使和恶魔）之间，神设置了人类，人类的一部分是可被毁灭的肉体，一部分是永不消失的智慧。

帕雷肯定读过让·博丹的这段文章，他在《关于动物及人类的优越性》中写过意思完全相同的内容；在《关于怪物和异象》中，这种思考方式同样十分惹人注目。诚如所见，在他列举出名字的怪物之中，无论是鳄鱼、蜗牛、飞鱼、奥罗布，还是坎弗克（Camphruch，一种栖息于埃塞俄比亚的独角兽，后腿像水禽一样可以划水）这样的怪兽，它们都有明显的水陆两栖特征。帕雷也对海绵动物、腔肠动物这些博丹笔下"介于植物和动物之间"的生物非常有兴趣，其实这很普通，这种倾向可以说是文艺复兴时期的博物学中的普遍特征。（在这里提一下，与帕雷生活在同时代的法国王室御用陶工贝尔纳·帕利西曾经通过海螺的形状联想并绘制出要塞都市的设计图。）

这么说来，之前提到的特里同和塞壬都是介于人和鱼之间的生物，鸵鸟也是鸟和野兽的混合体。如果要用一句话总结帕雷心目中的怪物概念，说是"物种混合体"也不为过吧。正是因为这种性质，怪物比其他物体更完美地表现出宇宙的和谐，明确呈现出事物本质的连续性。

我想在这里讲一讲帕雷在"陆地的怪物"一章最后提到的两种怪物，因为我认为他以这两种怪物作为怪物志的收束，一定别有深意。

这两种怪物中的一种是栖息在非洲的"像龟的圆形怪物"。它的身体完全对称，背上有十字形印记，十字形的四个顶端各长着一只眼睛和一只耳朵。它有十二只脚，以放射状排列在圆形身体周围。也就是说，这种怪物可以眼观六路耳听八方，不用改变身体的朝向就能向各个方向前进。——这正是宇宙的和谐和事物本质连续的象征，简直是荣格的曼荼罗化身的怪物。

另一种怪物是可以随意改变肤色的变色龙。帕雷认为，"它的皮肤又薄又透明，像镜子一样轻易地反映出周围事物的颜色"——也许这正是像镜子一样反映出全世界的、普遍类推的象征。

文艺复兴时期的自然观将世界的和谐作为观念的基础，无论是圆形怪物还是变色龙都集成了这一点。由此可以看出，帕雷在其所著怪物志的最后，以这两种象征性的怪物收尾，绝非偶然。想想阅读古老的怪物志的乐趣，可能就在于这类发现吧。

追记：我以为自己是第一个比较帕雷与帕拉塞尔苏斯

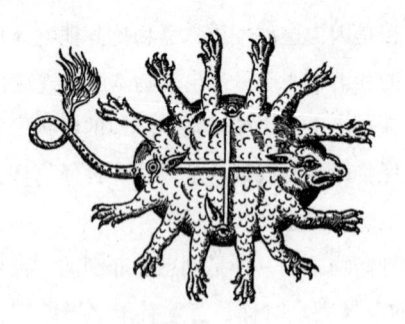

图 35　圆形的怪兽

的人，但是在柯林·威尔逊（Colin Wilson）的《神秘学》（*The Occult*）一书中提到了两个人曾经相遇的事实（存疑）。威尔逊的根据似乎来自约翰·哈格莱夫[①]撰写的传记，但是在我看来这是无稽之谈。

[①] 约翰·哈格莱夫（John Hargrave，1894—1982），二十世纪二三十年代的青年领袖、艺术家、作家、英国社会信用运动的代表人物。

作为乌托邦的时钟

ユートピアとしての時計

Phls Galle excud.

梅里美既是小说家，也是考古学家，他的著作《中世纪美术研究》中收录了七篇长短不一的论文，其中有一篇名为《维拉尔·德奥内库尔的画帖》(*Album de Villard de Honnecourt*)的简短介绍，我一直很喜欢。当然，不仅是介绍，我拥有的这本梅里美的书中还带有插图，我非常偏爱它。我想，我的知识大多来源于眼睛所看到的事物。

十三世纪的法国建筑家维拉尔·德奥内库尔为了教育学生，画下了三十三张包括速写在内的著名画帖，在艺术史和技术史上都被视为非常贵重的资料。从艺术史的角度来看，这个名字出现在许多书籍里。特别是在潘诺夫斯基[1]的中世纪哥特风流行期的人体比例理论中，他的人体素描被用作一例，而且巴尔特鲁沙伊蒂斯将他的动植物素

---

[1] 潘诺夫斯基（Erwin Panofsky，1892—1968），美国德裔犹太学者，著名艺术史家。

描视为具有罗马式美术传统的装饰风格的一例。如果翻阅与此领域相关的、内容详细的技术史书籍，就可以看到他发明的各种动力装置和战斗用具的设计图。当然，维拉尔也是一流的新式哥特修道院设计家。

梅里美曾称赞维拉尔，认为他是"画笔不离手的、达·芬奇式的观察家"，在我们看来，他确实有几分像是比意大利的文艺复兴早三百年出生的、中世纪的达·芬奇。但是严苛的福西永认为维拉尔是"决绝地生活在自己时代中的人"，"如果将他视为文艺复兴的先驱者，就犯了重大错误"，所以我要立刻更正之前的看法。

唉，这都无所谓，但是在我很喜欢的维拉尔的画帖中，我最感兴趣的是他构思出的简单永动机。梅里美写道："在十三世纪，追求这种问题的答案并不奇怪。维拉尔虽然展示了自己的研究成果，但是我们并不知道这是否只是在闲暇时为了确证这个问题而画下的解决方案的草图。"如今物理学已经证明了永动机不可能存在，但是在那个时代，这是一个技术难题，也是一个最重大的、形而上学的梦想，我稍后讲述理由。从图片可以看出，维拉尔想出的永动机是依靠重力自动旋转的巨大车轮。车轮上有七个金属锤，它们的重量使车轮转动，这样的转动又将金属锤举起。我们可以说，这是谁都能想到的、最初级的永动机结构。

虽然梅里美没有细说，但除此之外，维拉尔还画了不

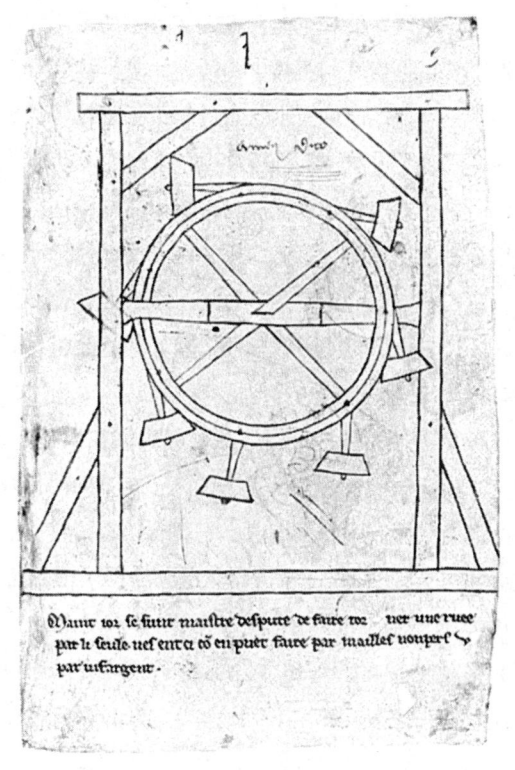

图 36　永动机　来自维拉尔的画帖

少有趣的机械发明画帖。例如水力锯子、将插进水中的木桩切到固定高度的锯子、千斤顶、战争用投石器等实用机械。但是，画帖中描绘的两种机械人偶装置，比这些实用机械更有趣。

需要提前了解的是，在亚历山大里亚时代，机械人偶、时钟、水风琴的理论与制作是物理学的重要课题。这类起源于希腊拜占庭的机械学传统，一直延续到十三世纪经院哲学最繁盛的时期。据作者的解说，维拉尔的机械人偶之一是"始终指向太阳的天使"。让天使运动的装置是简易的时钟，通过图片就能轻易地看出它的构造，其关键在于以金属绳的摩擦为基础、用重锤和擒纵轮构成的动力系统。我们应该记住维拉尔这位第一个在西欧使用擒纵轮的工匠。说到十三世纪，我们还需要知道这是机械时钟终于拥有出现可能的时代。

维拉尔设计的另一个引人注目的机械人偶是一只鹫，是雅克·德沃康松①制作的著名的鸭子玩具的简化版。在教会的助祭开始朗诵福音书时，它会自动将头转向他。看图就会明白，它的构造很简单，由两根轴固定住滑轮和重锤，用绳子控制头部的中轴。鹫的身体和头恐怕是分开的，如果拉动从尾部伸出体外的绳子，就可以通过短绳子，让它的头缓慢旋转。

*

欧洲中世纪看上去没有什么能称得上是大发明的发明，如果说有的话，也只有中世纪末期、十五世纪的古登

---

① 雅克·德沃康松（Jacques de Vaucanson, 1709—1782），法国发明家，以制造机械人偶和自动纺织机闻名于世。

堡发明的印刷术吧。可是我想，我接下来要讲述的时钟带来的影响比它更深远。严谨地说，是机械时钟，也就是齿轮构造的时钟。

实际上，时钟是某一天悄悄出现在中世纪民众之间的。关于这神奇的机械究竟是什么时候、在哪里发明的，众说纷纭。有人说是十一世纪，也有人说是十三世纪，至今没有定论。总之，时钟不生产任何事物，也不破坏任何事物，它只是静静地存在着，却从根本上改变了人们的意识。当然，古代有漏壶、沙漏、日晷、蜡烛计时器，还有月晷、星晷等计时装置，雄鸡报晓也可被称为是自然的时钟。也许有人知道，波德莱尔曾在散文诗中写过，"中国人通过观察猫的眼睛得知时间"。可是制造机械时钟的齿轮装置，意味着加工自然时间与神的时间，也就是说，它拥有"反自然的工坊"和"恶魔的工坊"的样态。

意识到时钟的发明者始终默默无闻，而古登堡的名字却被过度宣传的人，可能只有我吧。是啊，印刷术可能是一项伟大的发明，可是它改变的不是我们的阅读方法，也不是书写，更不是读者与文章之间的关系。它没有对我们的精神深层带来任何影响，只是将人类的思考内容在空间中扩大并普及。反之，机械时钟的发明没有被任何人注意到，它甚至没有进入后世学者的眼中，而是在暗中悄悄发展，悄悄地、永远地腐蚀着我们的精神。第一台时钟的秒针走出第一步时，至那时为止被认为神圣不可侵犯的自然时间、神的时间就死亡了，再也无法复活。

在传说中，第一个发明时钟的人是十世纪的法国欧里亚克的修道士热尔贝，也就是后来的教宗西尔维斯特二世（Sylvester Ⅱ）。其实他是当时著名的知识分子，许多人知道他制作过乐器、光学机械、计算器、天球仪等，但是据现在的研究，似乎没有任何证据证明他曾研究过机械时钟。要问为什么他会被当作时钟的发明者，也许与他被称作"魔法师"有关吧。时钟的齿轮装置是恶魔的工坊，将时间关在箱子里，就是犯下反天主教的罪行。

但丁在《神曲》的《天堂篇》第十五篇中，借还不知道利用"恶魔工坊"的曾祖父卡恰圭达之口，赞美十二世纪佛罗伦萨的日晷和钟声的纯朴：

> 现在可以听到三点和九点的钟声，
> 在往昔的城墙内侧，佛罗伦萨
> 和平、朴实又洁净。

意大利各个都市的市政厅中都设置有公用报时机械时钟，这个传统大概是从十四世纪开始的。当然，机械时钟的发明时间肯定比这更早。现存于巴黎的、历史最悠久的时钟，是由德国人亨利·德·维克（Henri de Vic）制造的，他是十四世纪法国宫廷钟表师，有许多人认为他是时钟的发明者，但是这与热尔贝一样不可能。因为在他所处的时代，机械时钟已经出现两百多年了，就算他确实为查理五世制造了华丽的报时钟表，他也只是位天才工匠，不可能是发明者。有位法国研究者似乎将恩斯特·荣格尔[①]的《沙漏之书》作为参考资料，按照他的说法，现在的历史学者认为，时钟的真正发明者是在1091年离世的本笃会修道士希尔绍的纪尧姆（Guillaume de Hirsau），我第一次听说这个说法。纪尧姆也是将克吕尼派[②]的规矩导入德国修道院的人。也就是说，第一个机械时钟诞生于修道院这个闭塞的、乌托邦一般的环境。我必须考察一下时钟和乌托邦之间的关联了。

我之前提到，在机械时钟出现以前的所有时钟，都可以被称为自然时钟。日晷、月晷只是直接反映天体的运行状况；漏壶、沙漏与之相比更精巧一些，但是它们记录的也只是自然时间。无论是沙还是水，这些从容器的细孔流下的物质都是均质的流动体，它们总遵循一定的节奏。从这一点来说，沙漏和漏壶与日晷上的日规（gnomon）完全相同，它们都被埋没在自然之中。

[①] 恩斯特·荣格尔（Ernst Jünger，1895—1998），德国哲学家、军人、小说家、昆虫学家，因其关于第一次世界大战的回忆录《钢铁风暴》（*In Stahlgewittern*）而广为人知。
[②] 克吕尼改革（Cluniac Reform）是中世纪修道运动中的一系列改革，专注于恢复传统的修道生活，鼓励艺术，照顾穷人。因勃艮第的克吕尼隐修院而得名。

当然，机械时钟以重力表现时间的连续时，需要利用水以外的物质，所以从某种角度上可以说它也是一种漏壶。机械时钟取代水所用的也不过是砝码或者发条的能量。但是重要的不同点在于，重锤的动力系统不像水那么完整，水的动作总是一致的，但是重锤和发条不能做到这一点。使用重锤让轮轴移动时，轮轴的速度无法保持稳定。众所周知，重量下降，力量就会减弱，轮轴的速度也会相应下降。为了克服这个困难而制造的装置，至今仍是时钟构造中的关键部分，它就是由擒纵轮和叉瓦构成的擒纵机构。它的发明使得时间王国终于被人类掌握，机械时钟所显现的不是自然时间，而是被加工和精炼的时间，也是被文明化、抽象化和理论化的时间。

但是乌托邦本就是与无秩序的历史发展相对立的事物，它是理论性的，同时具备向完整发展的倾向。支撑乌托邦构造的各个部分就像齿轮一样相互咬合，紧密地连接在一起，乌托邦就是以一个轴为中心旋转的机械世界。机械时钟的抽象时间就是乌托邦世界的时间吧。如此看来，时钟并非诞生于王室的工坊，而是诞生于修道院这个可以被称为中世纪乌托邦的特殊环境，这十分具有象征性。也就是说，时钟就是乌托邦的代表物，时钟作为一个装置，它的形态再现了乌托邦的构造特征。

也许中世纪的修道院梦想着一个严格的宗教纪律的世界，在其潜意识中需要一个可以称为其理想形式的时钟的存在。虽然无法轻易判断哪个是原因，哪个是结果，但是发明出时钟的修道院最终变得与时钟越来越像。

当然，历史与乌托邦的关系存在悖论，时间和时钟之间的关系也存在悖论。乍一看，时钟培养了历史和时间线性发展的意识，但是并非如此。就像乌托邦的建筑家将弯弯曲曲的河流修改成直线一样，时钟也在修正时间。自然的时间不一定是线性的，不如说有好几重叠合在一起，这才更接近真实吧。严密地均等展开的时间只可能出自时钟。乌托邦主义者们厌恶自然的时间，即无秩序、错综复杂的时间，所以他们才想将时间重新构造结合。为了逃脱历史的恐怖，对乌托邦而言，时钟十分必要。

在沙漏和漏壶中，时间是以物质性的形象表现的。在机械时钟里却没有任何诸如此类的具体形象。时间的具体表象失去形影、云消雾散了。所以，被关在机械时钟这种箱子里的东西是一种虚无，机械时钟默默地计算并记录着虚无。这种虚无可能是乌托邦自身的虚无的反映。

无论如何，抽象的时间取得最终胜利，具体的时间则走向死亡，这是乌托邦的常见性质吧。在这里，持续的感受被消灭，只剩下永远的现在。我们可以轻易地想象出以前的修道院正是这样的环境，但是这种乌托邦的常见性质和我们创作的小说作品的气氛也不无关联。例如，在以"疗养院"这一健康人无法接近的乌托邦式构造为背景创

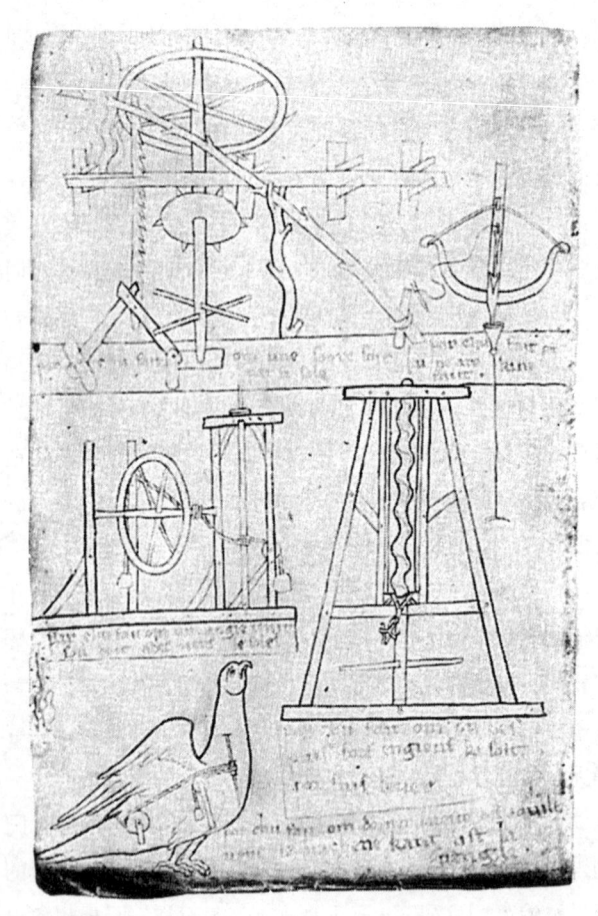

图 37 人工大鹫（下）及其他 来自维拉尔的画帖

作的小说《魔山》中，托马斯·曼如此描述那种消灭持续感受的时间的神秘：

> 每天都像同一天的重复，如果每天都是同一天，那么"重复"就不是正确的说法。它应当被称呼为单调、延续到永远的现在或是永恒吧。在中午，汤被送到你的枕边，就像它昨天被送来、明天也将被送来一样。这使得人们渐渐无法区分时间，差异被融为一体，作为万物的真实映在你眼中的，是永远被送到枕边的汤和没有前后发展的现在。

托马斯·曼的文章很好地表现了"被时钟的秩序支配的世界，就是成为无时间的世界的乌托邦"这一悖论。单调重复的时间将时间消灭，这就是乌托邦主义者无意识中的愿望。无法实现的永动机和机械人偶的制作者们的永恒梦想，与乌托邦主义者的这一点完美重合。与时钟一样，永动机和机械人偶可以被称为以装置表现的乌托邦形象。我们可以通过机械人偶千篇一律的动作看出"光辉都市"的形象。我之前提到过，永动机是中世纪最重大的形而上学梦想，也正是出于这个意思。

时钟的表盘全部是圆形，恐怕这也可以视作乌托邦主义者在无意识中厌恶历史的表现。历史的时间是线性的，时钟加工这线性的时间，将它变为永久运动的循环时间，也就是一种人工的时间。圆形时钟的表盘否定了历史的持续性，它不正象征着永远的现在吗？在修道院组装出第一个时钟的修道士，悄悄地在齿轮装置中埋藏了对于历史的怨恨和恶意。

*

在大革命发生前、十八世纪法国的贵族社会中，机械人偶十分流行。制作这种流行的机械人偶的第一人，是著名机械技师雅克·德沃康松，他死于革命爆发的七年前。有趣的是，在1782年，也就是在他离世的几乎同时，另一位十八世纪的机械人偶制造师萨德侯爵开始进行大量创作活动。当然，萨德侯爵是小说家，而非机械技师。但是他在小说世界中将活生生的人当作机械，将女性当作时钟。也就是说，他想完全改变到那时为止的依靠机械人偶技术、让机械模仿自然的倾向，转而让人类模仿机械。因此在萨德的世界中，裸体女性成为发条，成为齿轮，成为某种机械部件。罗兰·巴特曾经写下这段话：

> 虽然萨德的色情没有再生产性，但是它的原型是劳动。举办盛宴就像是在工作场所一样组织、分配、命令、监管。它的收益是流水线工作的结

果。……[①] 所有人构成了一个巨大精巧的齿轮装置，构成了一个精密的时钟。（引用自《萨德、傅立叶、罗犹拉》）

很明显，萨德是位乌托邦主义者，他拥有乌托邦主义者的所有特征，他创造的世界本身可以与一个巨大的时钟相比。但奇怪的是，他导入了其他任何乌托邦主义者从未考虑导入的某个瞬间。为了这个瞬间，萨德渐渐地改变乌托邦机械的性质，让它开始作为一种时间粉碎机发挥可怕的作用。萨德喜欢进行理性的演说，众所周知，他的目的不是像其他乌托邦主义者一样保证善会取得胜利，他唯一的目的是称赞恶。他曾经毫无节制地在演说中论证恶的丰富多样。正是因此，萨德的乌托邦与其他乌托邦主义者的乌托邦不同，显现出奇妙的倾向。也就是说，乌托邦这种原本应当为善的事物、永远的事物而组织的机械，在萨德的想法中具有完全相反的使命。就像变魔术一样，萨德将自己的理性奉献给了恶。

这种反转导致了怎样的结果？通过《闺房哲学》中的宣传册"法国人，如果你们要成为共和主义者，再加把劲吧"中的如下内容可窥一斑。据其所写，善是和平的、静止的，与历史的状态相反。恶正是动乱、颠覆与死亡的要

---

① 简体中文版删节部分引文。

素，可以推动历史变化。萨德说："人类的道德状态是和平与静止，但是人类的不道德状态是**永恒运动**。这接近人们所必需的动乱状态，共和主义者必须时时刻刻将国家保持在这种状态。"

这段文字毫无保留地展示出萨德的乌托邦的特别之处。尽管以"永恒运动"这个词表现，但萨德心中的理想状态其实完全不同于普通乌托邦主义者所憧憬的、依靠时间的单纯重复来消灭时间本身存在的无时间世界。通过将善变化为恶，这个乌托邦的机械会突然变得生机勃勃，状态完全改变，变得像历史的机械一样。自古以来，为了让历史消失，修道院、孤岛和共和国等"光辉都市"无数次利用了规则、城墙和秩序等乌托邦式道具；但是在萨德的手中，它们产生了完全相反的结果。他使用与乌托邦主义者相同的装置，制造出历史的机械。萨德丝毫不改变乌托邦的建筑构造，却能处理历史，他简直是天才。

据让·塞尔维耶（Jean Servier）的观点，乌托邦世界一般是纯洁母性的象征，这个世界拒绝出现腐烂、粪便以及与死亡有关的形象等。关于这一点，萨德的乌托邦世界十分值得一提。心理学家诺曼·布朗[①]曾经详细讲述斯威夫特的反乌托邦中的粪便嗜好，但是萨德的作品世界中经常充满血液、精液和秽物。想想看，由死亡带来的分

[①] 诺曼·布朗（Norman O. Brown, 1913—2002），美国学者、作家、社会哲学家。

解和腐败，与情色一样让万物流动循环，这与萨德的永恒运动相符。"文艺复兴时期的意大利充满犯罪和疯狂，诞生了米开朗基罗和达·芬奇等伟大的艺术家。可是瑞士在三百年的和平中产出了什么？布谷鸟钟。"众所周知，这是卡罗尔·里德的电影《第三人》中奥逊·威尔斯的著名台词，但是他提到了时钟，所以我认为在此引用这句话是有价值的。

*

世界上有喜欢时钟的人，也有讨厌时钟的人。不知道奥逊·威尔斯是否讨厌时钟，但是以时钟这个符号作为基准将人分为两类，也许有点意思。这不是玩笑或者随口说的话，我认为这与非常本质的问题相关。

作为讨厌时钟的代表人物，我要讲讲《巨人传》的作者弗朗索瓦·拉伯雷。他在这部作品的第五十二章提到著名的特来美修道院，并以如下内容表达对时钟的强烈厌恶：

> 如今世间的修道院，全部按照时刻来规定、限制与安排，但是在我们这座修道院里没有任何时钟和日晷，我们规定所有的工作都必须等待时机再进行。高康大说，据他所知没有比计算时间更浪费时间的行

为了。——计算时间究竟能得到什么好处呢?——而且说到世上最愚蠢的事情,没有比放弃常识和悟性,按照钟声安排自己的行动更愚蠢的了。

不像许多人以为的那样,其实拉伯雷并不是乌托邦主义者。一大明显证据就是,他没有在特来美修道院的周围建造任何保护墙,并且让高康大代替自己说出理由:"因为其他所有修道院都被高墙包围了。"他对乌托邦的孤立主义、划一主义和贵族主义抱有敌意,只是一位拥有平民观点的现实主义者。从他的气质看来,他当然讨厌时钟,这也是理论上的结论。

另一方面,比拉伯雷稍晚出现的、文艺复兴时期英国的乌托邦主义者弗朗西斯·培根在《新大西岛》中提到了可称作研究院的所罗门院,这里曾经盛行时钟和永动机的实验,可以看出作者在描写它的时候倾注了不少热情。无论作品价值如何,它很明显地展示了培根的乌托邦主义者气质。

即便如此,我们仍要注意,有时很难轻易地区分喜欢时钟或不喜欢时钟的人。例如画家萨尔瓦多·达利曾经随性地画过软绵绵的怀表,它们挂在树上、桌沿上,就像肉片一样,希望大家可以回忆出这些怀表的形象。达利一方面是被坚固秩序支配的、喜欢冰冷神学世界的禁欲主义者,另一方面被这种黏性的无政府主义吸引,他体现出奇妙的两极性的反应。达利究竟喜欢还是讨厌时钟呢？恐怕这两者都不尽然。

法国的批评家让-保罗·韦伯（Jean-Paul Weber）在著作《主题的领域》中指出爱伦·坡的所有作品中都有无意识的时钟狂热，并且进行了深入分析。爱伦·坡这位时钟狂人，究竟是对时钟的机械结构感到畏惧，还是在恐惧中被其魅力吸引，我无法轻易地得出结论。

还有，我一定要在这里引用我喜欢的瓦尔特·本雅明的一句话。"革命阶级的特征是在行动时意识到正在打破历史的连续性，这种意识明显体现在七月革命发生时。斗争的第一天傍晚，在没有事先联络的情况下，巴黎几处不同场所钟楼的时钟遭到枪击。"

我们同样无法轻易地判断出本雅明是喜欢还是厌恶时钟。首先，他在上文所属的《历史哲学论纲》开头愉快地描写了一段仿佛会出现在爱伦·坡小说中的片段，那是一个擅长下国际象棋的机械人偶的故事。

但是对我而言，比起在运行的时钟，我更喜欢因为太旧而动不了的时钟、缺少指针的时钟、写着罗马数字的表盘发黄的时钟，也就是已死的时钟，可以说我有这种奇特的癖好。我的这种癖好会被心理学如何解释呢？

东西庭园谭

東西園譚

HORTVS CONCLVSVS *soror mea sponsa* HORTVS CONCLVSVS

Cant. 4.

Cantic. 5. et 6. cap.

Veniat dilectus meus in HORTVM *suum et comedat fructu pomoru suoru et.*

...TATA SVM IN LIBANO: ET QVASI CYPRESSVS
PALMA EXALTATA SVM IN CADES, ET QVASI
IN IERICHO. QVASI OLIVA SPECIOSA IN CAMPIS,
EXALTATA SVM IVXTA AQVAS IN PLATEIS. EGO
EXTENDI RAMOS MEOS, ET RAMI MEI HONORIS
VITIS FRVCTIFICAVI SVAVITATEM ODORIS.

SICVT C...
ODOREM
ODORIS:
GVTTA, B
ONEM ME

...INO, D. ROBERTO SWEERTIO, S. THEOLOGIÆ LICENTIATO, ET PLEBANO SYLV...

法国十八世纪的文人阿尔古公爵①曾写过著名的《造园论》，他在其中将当时流行的庭园定义为三种类别，并写道："法国人以几何图形为基础建造庭园；英国人在牧场中安家；中国人在窗前建令人畏惧的瀑布。这是三种恶习，如果不对它们进行修正，就无法到达真实之美。"众所周知，庭园大致可以分为建筑式庭园和风景式庭园两类，造园技术在这两种形式之间一边摇摆，一边进化。如果事实如此，那么便如阿尔古公爵所言，假如偏好极端倾向某一方，反作用力肯定会出现吧。一方拥有秩序和对称性，另一方拥有无秩序和非对称性，可以说这是几何学与

---

① 阿尔古公爵（François-Henri d'Harcourt，1726—1802），法国军人，著有戏剧和诗歌。其关于庭园的著作 *Traité de la décoration des dehors, des jardins et des parcs*（《关于户外风景、花园、公园装饰的专著》）写作于1774年前后，于1919年由园艺史家埃内斯特·德加奈（Ernest de Ganay）整理出版。下文提到的《造园论》或指此书。

自然的对立。

例如凡尔赛宫和枫丹白露宫，它们的格局严格遵循平面的左右对称原则，天台、花坛和喷泉全部造成几何图形，就连草地中间的树木都修剪成圆锥形。当我们眺望这种法式庭园，在惊叹于它的一贯性的同时，一定会不由自主地感受到"硬化"——这种古典主义美学的通病。在十八世纪中期，对这种极端倾向的反作用开始流行，也许英国人研究出的风景式庭园可以作为代表。这种庭园以拒绝几何学为原则，并大量采用自然元素。

那么阿尔古公爵所说的第三种"中国人的庭园"属于哪种形式呢？我想它可以称为"人工制造的自然"。在平坦的土地上造山、挖池、植树，让它看上去像自然风景。这种中国——也包含日本的远东庭园美学的深意，与其说是原样导入自然，不如说是模仿自然的精巧并制造它。

我曾经多次提到，自古代波斯和巴比伦以来，庭园总与乐园的观念结合在一起。库尔提乌斯[①]曾在《欧洲文学与拉丁中世纪》中论述过，奥维德的"花园"、克劳狄安[②]的"常春爱园"都是作为乐园的庭园。肯尼斯·克拉

---

① 库尔提乌斯（Ernst Robert Curtius, 1886—1956），德国文学学者、语言学家和罗曼语文学评论家。
② 克劳狄安（Claudian, 约370—约404），古罗马诗人。

克[①]也在《风景入画》中提到，在中世纪末期出现的"闭锁的庭园"（*Hortus conclusus*）这类终于得到教会承认的绘画主题，其起源一定在于东方的乐园形象。不，在中世纪的修道院这种小小的闭塞环境中发展的药草园、果树园这些庭园，或许已经是乐园观念在现实中的显现了。庭园是一个世界，在它的漫长延长线上，出现了那大得令人感到愚蠢的、路易王朝[②]法式庭园的几何美学。

伴随着十八世纪的到来，英国人发现（应说是再发现）的淳朴自然打破了这种"闭锁的庭园"的牢笼。"闭锁的庭园"内部那驯化的自然，被杂乱的、无秩序的自然入侵，并占据了支配地位。如果说这也是乐园，那么它就是将全自然安置在同一庭园内的乐园。英国造园家威廉·肯特（William Kent）曾经说出"自然厌恶直线"这句名言，从1730年到1748年他离世，他设计了不少完全脱离巴洛克、洛可可几何学定式的庭园。他创造出了保留不规则形状的水池、蜿蜒的小河等全新概念的庭园，即罗夏姆（Rousham House）、克莱尔蒙特（Claremont Garden）、伊舍（Esher Place）、卡尔顿宅邸（Carlton House）、奇西克（Chiswick House）与斯托（Stowe House）等。

[①] 肯尼斯·克拉克（Kenneth Clark，1903—1983），英国艺术史家，以制作系列纪录片《文明》而广为人知。
[②] 即波旁王朝。

图 38　风景式庭园的小宇宙

庭园不仅是一个世界，它的历史发展过程必然体现出大宇宙与小宇宙的辩证法。如果说，到那时为止的建筑式的、几何学式的庭园都表现为一个世界，那么与十八世纪一起登场的英国风景式庭园就包含着数个世界。与那时作为一个整体的有机的建筑相反，全新的风景式庭园可以在自然中设置数个性质不同的建筑物。也可以说，它从一神教的庭园变为泛神论的庭园。如果继续比喻，也许这种庭园的形式变化是与当时的地心说到日心说的变化相对应的吧。为了说明这一点，我需要举出具体的例子。

亚历山大·蒲柏曾在《卫报》[①]上发表过《植物雕塑论》，他在文中嘲讽了将庭园中的树木修成装饰形状，即园艺造型这种反自然的技巧。1726年，他在泰晤士河畔的特威克纳姆（Twickenham）造出了自己的庭园，其中有为了纪念母亲而建造的方尖碑、圆形神殿、洞窟等纪念建筑。也就是说，这种全新的英国式风景庭园同时包含着埃及和希腊这两个世界。肯特在1730年设计了他唯一保存至今的作品——位于牛津附近的罗夏姆园。它的南侧有金字塔，西侧有拱廊和古代风格的神殿，北侧正面有哥特风建筑，甚至还有巨大的石像和古老的风车小屋。

1734年，肯特作为查尔斯·布里奇曼[②]的后继者开始建造斯托庄园，其中作为全新要素出现的是中国风格的房屋。此外，斯托庄园里有三十八座纪念建筑，其中有维纳斯、巴克科斯神殿，还有金字塔、方尖碑、哥特风教堂等。这些建筑建在高低不一的土地上，若隐若现地藏在森林之中，并且各自独立。

风景式庭园中有时代和地理位置完全不同的几种建筑构成的小宇宙，这是它的奥妙所在。从1757年到1762年，在为乔治三世的母后建造的二十一座建筑中，有

---

① 《卫报》（*The Guardian*），1713年3月12日至10月1日之间，发行于伦敦的一份报纸。与发行至今的《卫报》并非一家。
② 查尔斯·布里奇曼（Charles Bridgeman，1690—1738），英国园林设计师，帮助开创了英国风景式园林。

威廉·钱伯斯（William Chambers）设计的著名的邱园（Kew Gardens），其中有高达十层的巨大中国风宝塔、孔庙，甚至还有被称为阿尔罕布拉宫的伊斯兰式建筑，这些建筑呈现出一派东洋气氛。钱伯斯曾亲自前往印度和中国旅行，其旅途观察体现在了邱园的造园之中。

邱园的设计结构，是在蜿蜒曲折的森林小道中行走时，眼前的景色不断变化，可以看到世界上的一处到另一处、历史上的一个时代到另一个时代。北方哥特式建筑位于中国和埃及建筑之间，金字塔与中世纪西欧城堡相邻。风景在庭园中互相重合，庭园整体就像收集珍奇宝贝的玻璃箱，也像风格主义盛行时期宫廷中的珍奇博物馆，是一个混乱的建筑式小宇宙收藏品。虽然它确实会给人驳杂和混乱的印象，但是从另一方面来说，这个混乱的印象也唤醒了我们的诗情。风景式庭园正是在室外的广阔空间中实现的某种珍奇博物馆。

在此希望大家注意，刚才提到的斯托庄园和邱园中都出现了中式建筑。并非仅是英国庭园，稍晚一些的法国风景式庭园，例如贝茨、巴葛蒂尔（Parc de Bagatelle）、莱兹荒园（Desert de Retz）等，还有德国少有的风景式庭园无忧宫（Sanssouci）的宫殿都出现了相同的情况。虽然在巴洛克晚期与洛可可时代，中国风情（chinoiserie）曾风靡一时，这是艺术史上的常识，但是令我感到意外的是，它也对造园术产生了难以忽视的巨大影响，这一事实却并非广为人知。但是如同我之前引用的阿尔古公爵的见解，中国人的风格被列举为十八世纪三大造园风格之一，由此可以轻易地看出当时的欧洲人对未知的东方的中国文明十分好奇。不过，我认为在中国和日本发展的符号性的庭园美学，终究没有被欧洲人理解。从建筑式庭园发展为风景式庭园的辩证法，应综合发展为中式庭园，但它最终并未被发现。在欧洲，中式庭园只停留在作为风景式庭园附属物的地位。

欧亨尼奥·德·奥尔斯[①]在《巴洛克论》中提到了令我十分感兴趣的一点，奥尔斯的观点与一般观点相悖，他认为反宗教革命运动是"内藏着泛神论的运动"。他认为，忠实遵循主知主义（intellectualism）、古典主义的人应是禁欲的杨森主义[②]教徒，与之相对的、代表反宗教革命运动的耶稣会教徒则处于"在形态上展示巴洛克样式精神"的立场上。原来如此，如果没有这一层分析，那么逻辑就说不通了。要说为什么，其实我本想稍后说明，那就是耶稣会传教士们带到中国的不仅是基于哥白尼日心说的自然科学知识，还有当时的巴洛克建筑。而且作为交换，中式庭园美学开启了风景式庭园在欧洲的流行，而将这种美学

---

① 欧亨尼奥·德·奥尔斯（Eugenio d'Ors，1882—1954），西班牙作家、散文家、记者、哲学家和艺术评论家。
② 杨森主义（Jansenism），天主教内部的早期现代神学运动，由荷兰神学家康内留斯·杨森（Cornelius Jansen，1585—1638）创立。强调原罪、人性堕落、恩典的必要和预定论。

导入西方的也正是他们。就像我刚才说的，十八世纪的风景式庭园否定古典主义的建筑式庭园，这是哥白尼的宇宙论直接导致的后果。人类之所以意识到自我的渺小，与泛神论哲学并非没有关联。

*

在十八世纪，清朝宫廷的耶稣会传教士与意大利画家朱塞佩·卡斯蒂廖内（中文名为郎世宁①）的绘画作品，现在绝大部分收藏在台北的故宫博物院。我之所以对他产生特别的兴趣，只是因为他喜好绘制动物画像。不，不知道是不是真的喜欢。无论是康熙皇帝还是乾隆皇帝，都不同意卡斯蒂廖内进行自由创作。可以想象，画家必须严格遵照皇帝的命令，完全放弃欧洲油画工具的技法，在绢上用不顺手的水彩画具绘制指定的题材。不过，他在从1715年到达北京、到七十八岁离世的五十年里，不可思议地将西洋画法与中国画法以折中的形式展现，因此我认为卡斯蒂廖内作为动物画家拥有独特风格，他与布拉格的鲁道夫二世邀请到宫中的、出身于佛兰德斯的动物画家鲁兰特·萨费里（Roelant Savery）可称该领域的双璧。

我想在这里提起的不仅是作为动物画家和肖像画家的

---

① 括注为原注。后文中作者仍采用"卡斯蒂廖内"称呼郎世宁。

图 39　海晏堂与时钟喷泉

卡斯蒂廖内,更是那个设计了圆明园中巴洛克宫殿的卡斯蒂廖内。据他的同事伯努瓦[①]和阿蒂雷[②]的报告,他还是第一个将中国式庭园观念带入欧洲的人。

在1860年,圆明园被烧毁,后藤末雄博士的说法是"这不仅是中国人的损失,也是世界上所有人类的损失"(《中国思想的法国西渐》)。确实如此,北京当时与罗马并称世界上最大的文明都市,位于北京近郊的圆明园收藏着清朝皇室的大量艺术品,其价值可能与凡尔赛宫不相上下。畅春园、长春园、万春园这三园总称为圆明园,据法国耶稣会士阿蒂雷的记载,它的面积与第戎相当,有无数大大小小的池塘与山丘,还有广阔的植物园和花卉园,其间点缀着四百多间亭台楼阁。亭台楼阁的屋顶是红、黄、青、绿色的瓦片,池上泛着小舟,旁边有用土堆砌成的人造小山。最令阿蒂雷感到惊叹的是蜿蜒的人造河川、模仿自然雕砌的岩石和上面生长的植物,以及模仿自然、人为制造的小山。对它展现出的欧洲造园术中丝毫未曾考虑过的不规则性与非对称性,还有自然奇景中蕴含的人工技巧,他发自内心地赞叹不已。这位耶稣会传教士为十八世

---

① 伯努瓦(Michel Benoist, 1715—1774),中文名为蒋友仁,法国第戎人,天主教耶稣会传教士。原为天文学家,精通数学、历法,后被任命为圆明园的建筑与园景设计者。因原作者未采用其中文名,故以注释体现。本篇其他人名同理。
② 阿蒂雷(Jean Denis Attiret, 1702—1768),中文名为王致诚,法国耶稣会传教士,清宫廷画家。

纪欧洲流行的风景式庭园提供了不少报告，其中就有这些内容。

但是在北京，通过与耶稣会士的交流，乾隆皇帝似乎变得比任何人都有西洋情结了。与在欧洲的中国趣味的赞美者相对，他希望在圆明园修建西洋式宫殿。仔细想想，这也理所应当，因为这正是东西方互相体现异国趣味的事例。乾隆皇帝看着耶稣会士带来的西洋铜版画，在心中慢慢绘制着欧洲风格的宫殿图景。

皇帝下定决心要建造西洋式建筑，并且亲自在长春园北侧选好一块地，让自己喜爱的宫廷画家卡斯蒂廖内负责绘制设计图、选定合作人。卡斯蒂廖内虽然私淑安德烈亚·波佐[1]，但是在来到北京之前只画过宗教画，只不过是个画家。所以对于卡斯蒂廖内而言，突然承担建筑家的工作实在是太难了。修道士们为了帮助他，从本国带来了许多建筑理论书籍，其中有著名的迪塞尔索[2]所著《法国最优秀建筑》第一卷，还有维特鲁威[3]《建筑书》的拉丁语版、法语版和意大利语版等。

卡斯蒂廖内设计的巴洛克风格宫殿是拥有极多立柱

---

[1] 安德烈亚·波佐（Andrea Pozzo，1642—1709），意大利巴洛克画家、建筑师、装潢设计师、舞台美术家、艺术理论家，也是耶稣会士。
[2] 迪塞尔索（Jacques I Androuet du Cerceau，1510—1584），法国著名建筑师、装潢设计师。
[3] 维特鲁威（Vitruvius，约前80至前70—约前15后），古罗马作家、建筑师、工程师。他对建筑和人体完美比例的讨论催生了达·芬奇的著名画作《维特鲁威人》。

和漩涡装饰的博罗米尼[①]样式建筑。法国耶稣会士米歇尔·伯努瓦负责建造重要的喷泉[②]。伯努瓦虽然会一些天文学和物理学，但他终究不是水力学专家，只是一名修道士。其他帮助修建宫殿和庭园的人还有德国耶稣会士兼画家西歇尔巴尔特[③]、生于佛罗伦萨的建筑师莫吉[④]。为了完成这项艰巨的事业，他们当然也需要许多中国的工匠作为辅助。总之当时住在北京的耶稣会士们虽然不是专家，却能够在重要时刻发挥作用、广泛积累当时的科学技术知识，人们不由得对此感到惊讶。漫长的建筑工程从1747年持续到1759年，总共约有十二年。

起初，修道士们被宫廷中的繁琐规则妨碍，只在特定的时间内才能进入圆明园，并且要接受宦官和官吏们的监视，受制于人。但是只过了两三天，这规矩就被废除了。所有修道士都可以自由地随时出入圆明园。从中国以往的惯例来看，这是难以想象的特权。到了傍晚，他们就回到位于北京和圆明园之间、名为海甸的一处小村中的宿舍里。每天早晚骑在摇摇晃晃的骡马背上走近两里[⑤]的路

---

① 博罗米尼（Francesco Borromini，1599—1667），原名弗朗切斯科·卡斯泰利（Francesco Castelli），意大利建筑师，巴洛克建筑的代表人物之一。
② 即大水法。
③ 西歇尔巴尔特（Ignatius Sichelbart，1708—1780），中文名为艾启蒙，波希米亚人，耶稣会传教士。
④ 莫吉（Fernando Bonaventura Moggi，1684—1761），中文名为利博明，耶稣会传教士、画家、雕塑家、建筑师。
⑤ 这是日语语境下的里制，一里约3.927千米，下同。

是件痛苦的事情，而且有时还必须在广阔的园林中巡视相隔一两里的工地。有时为了等待皇帝驾临，不得不慌忙返回圆明园。——刚才提到的后藤博士在书中详细地讲述了这些修道士们的辛苦经历，如果有兴趣的话可以读一读他的作品。尤其是伯努瓦苦心建造喷泉的过程，十分令人感动。

圆明园的庭园被划分为三个区域，在第一个区域上建造的是第一座西洋楼"谐奇趣"。法国耶稣会士的报告称，这座建筑"应与凡尔赛宫和圣克卢的城楼相似"。全馆被统一为科林斯式风格，由大理石和锡釉彩陶（maiolica）建造，左右有呈U形延展开的侧楼，通过玻璃回廊与主楼相连接。但是最让皇帝感到喜悦的是位于这座"谐奇趣"面前的、伯努瓦苦心建造的喷泉。皇帝坐在玉座上，身边有妃子侍奉；他的视线穿越建筑的窗子，不知餍足地看着喷上天又落下的水柱。泉水周围、石头上和水中有十几只青铜制造的动物，有大雁、羊和鱼等，它们的口中喷出汹涌的泉水，表现出动物以水互相争斗的场景。

走过桥就可以到达第二片区域，在三面被运河包围的"花园"迷宫庭园中央，有一座大理石造的便亭，第二座西洋楼"海晏堂"就建在不远处。它的名字来源于露台上设置的一个为喷泉供水的巨大储水槽。"海晏堂"这座建筑的许多细节具有巴洛克风格，但是整体灵感来自特里亚农宫和凡尔赛宫正面的广场。有趣的是，位于建筑西侧大台阶下的喷泉其实是一个时钟。泉水两侧分别排列着六只动物，从老鼠到猪的十二生肖每隔一小时依次喷水。只是在正午时刻，所有动物会同时喷水。这是伯努瓦最花心思的作品，得到了爱好喷泉的乾隆皇帝的极度喜爱。

此外，卡斯蒂廖内为圆明园设计了名为"蓄水楼"的建筑。它与路易十四时代制造的著名水利机械"马利机"（Machine de Marly）相仿，是一种为喷泉供水的储水装置。还有"竹亭"①，是用彩色玻璃和贝壳镶嵌的竹制建筑。"线法山门"是用上釉的砖建成的、有三个拱门的凯旋门。

"养雀笼"则是壁上绘有船和雉鸡的巨大鸟笼，其中饲养着以孔雀为首的诸多珍奇家禽。"方外观"带有大理石栏杆，是个与枫丹白露宫相似的、左右两侧有大台阶的西洋风观景台。后来皇帝为了取悦来自突厥斯坦的妃子"香妃"，将这"方外观"改建为清真寺。

香妃是战死的敌将的妻子，她在被捕后被强行带到圆明园。虽然乾隆皇帝对美丽的她偏爱有加，但是她始终不愿以身相许，最终在房内自缢。据说皇帝建造第三座西洋楼"远瀛观"，就是为了她。这座远瀛观正面有类似巴洛克的喷水广场一般的巨大喷泉，泉水中央有一头青铜制

---

① 又称"五竹亭"。

的鹿，周围有十几只狗对着它口吐泉水。为了安慰身处异乡的香妃，皇帝命卡斯蒂廖内在嵌板上绘制了数张表现她故乡风景的油画，将其制作成类似幻灯的立体装置展示给她。只有在这时，使用基于西洋透视法的油画技法才得到皇帝的允许。

西洋楼的房间中装饰着大量路易十五送来的戈布兰（Gobelin）地毯、法国宫廷美女全身像，还有豪华的大镜子，据说皇帝为了嵌进窗户而将它割开了。但是，在欧洲巴洛克风格庭园中肯定会出现的女像柱和裸体像，完全没有出现在圆明园中，这十分奇妙。理由毫无疑问是乾隆皇帝对这些没有兴趣。建筑的白色大理石柱子与红色的砖墙产生强烈对比，而且中国人喜欢使用多种颜色，这令人联想到意大利和葡萄牙的宫殿。只有屋顶遵照中国的传统，全部被黄色、青色和绿色的瓦覆盖。虽然这可以说是有不良趣味的折中样式，但是也可以视为一种优雅。事实上，参与宫殿建造的耶稣会士也未必对自己的工作成果感到不满意。

*

在1860年，第八代额尔金伯爵与蒙托邦将军带领的英法联军侵入圆明园，看到园内收藏的许多绘画作品已经受到虫蛀，欧洲的大小家具都破损不堪。士兵们抢走了大量的宝石、鼻烟壶、黄金糖盒、银盘子和衣服等等。当士兵们看到欧洲君主赠送给一代代中国皇帝的数个机械人偶时，不由得发出孩子一般的欣喜叫声。掠夺活动持续了整整两天，最后他们将宫殿付之一炬。中国皇帝那天方夜谭般的宫殿曾经夸耀着过去的荣华富贵，它与那些奇妙的机械人偶一起被火焰吞没。

但是，其中的巨量宝物并没有被全部抢走或焚毁，圆明园中幸免于掠夺和火灾的宝物在其后被转移到紫禁城；而且为了躲避其后的战争，它们被分散到各地，目前主要展示在北京和台北的故宫博物院。此外，英法联军带走的宝物之中有一部分被送给维多利亚女王和拿破仑三世，这些宝物现在分别被两国的美术馆收藏。

如果现在想要回忆圆明园往昔的华丽，可以看看1786年左右卡斯蒂廖内的中国弟子们亲手刻下的二十枚铜版画。据耶稣会士的报告，这些铜版是工匠们在乾隆皇帝的亲自指示下精心雕刻而成的。巴黎的国家图书馆的版画部收藏有这套贵重铜版画中的一组。据说那是北京的耶稣会士送给巴黎某位出版商的一组，曾经多次被转手出售，最后终于来到巴黎的国家图书馆。我一边看着这套铜版画的复制品，一边让思绪在十八世纪的欧洲和中国驰骋，最终写下这篇文章。

胡桃中的世界

胡桃の中の世界

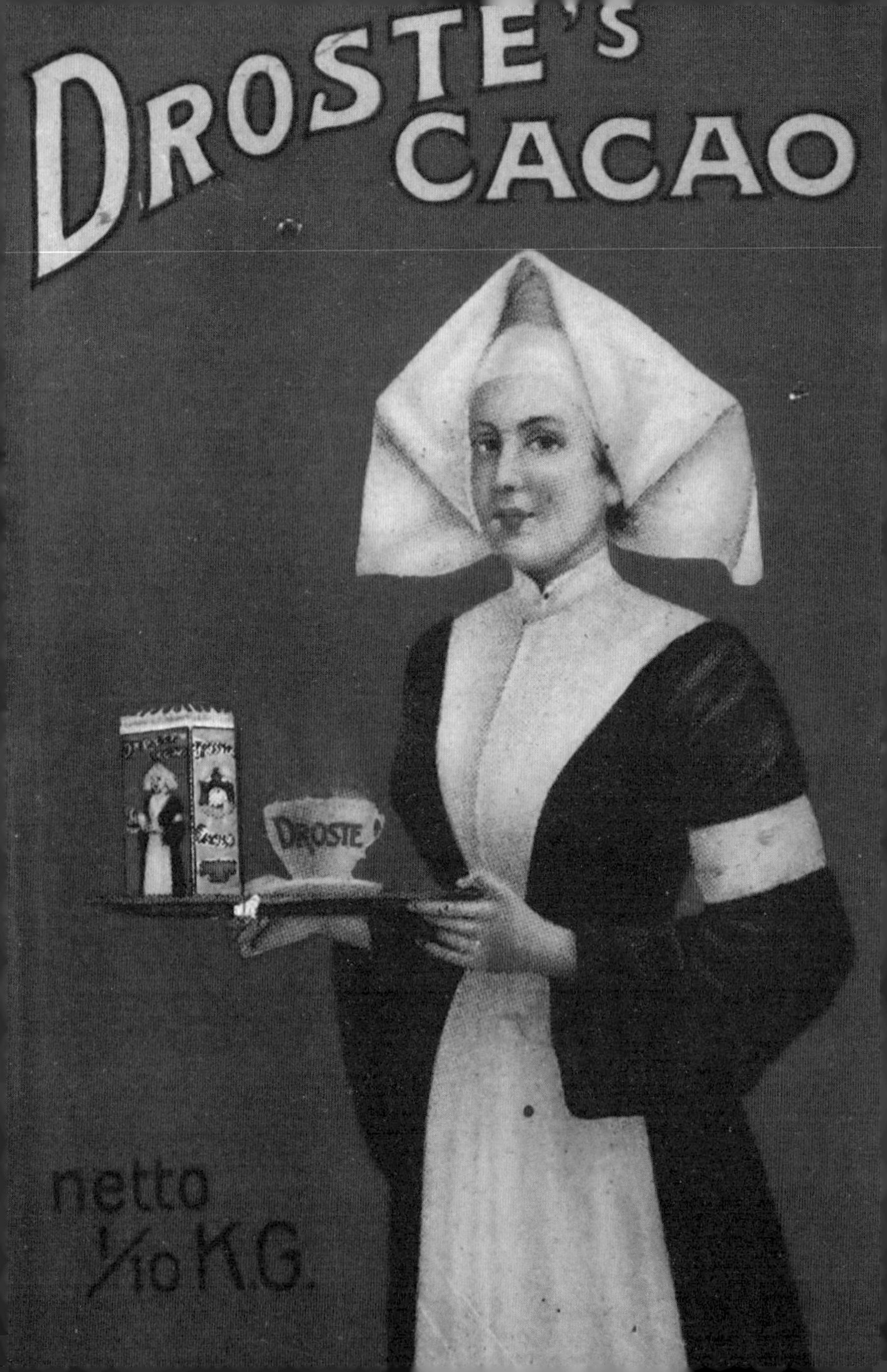
DROSTE'S CACAO
DROSTE
netto
1/10 K.G.

我第一次得以完全体会到无限的观念，多亏一个荷兰品牌的可可——我早餐的原材料——的包装盒。在包装盒的一侧画着一个戴蕾丝帽子的乡村少女，这位少女左手拿着一个画着相同图案的盒子，她蔷薇色的粉嫩脸颊上浮现出微笑，指着那个盒子。想象着这同一幅画无限延续，同一个荷兰少女无数次再现，我总会感受到一阵眩晕来袭。理论上说这个少女会越来越小，但是她决不会消失。我看着她像是嗤笑一般的表情，感觉她在向我展示她自己的肖像和手中可可盒子上自己的肖像。

米歇尔·莱里斯[①]的自白书《成熟的年龄》中这篇名

---

① 米歇尔·莱里斯（Michel Leiris，1901—1990），法国超现实主义作家、民族志学者。

为《无限》的文章,是作者幼时的体验,有过相同体验的人可能不止我一个。我小时候曾经盯着梅丽牛奶①的包装罐标签看,上面画着一个抱着梅丽牛奶罐的女孩。我每次看它的时候,都能感受到与莱里斯完全一致的类似眩晕的感觉。儿童绘本的封面上画着一个看儿童绘本的小孩子,这本小的儿童绘本上果然也画着看同一本书的同一个孩子。对我来说,这当然也是带来不可思议之感的一幅画。

在同一本书中,莱里斯谈到了他小时候看到圣诞老人穿过烟囱带来巨大玩具和看到玻璃瓶里面的船模型时的惊讶。就他而言,他从小就比其他人更享受大的物体和小的物体之间的辩证法的想象,而且能力超乎常人。在这一点上我也一样,通过我现在正开心地写这篇文章,可以看出我心中仍有对这一方面的执念。享受大小的相对性或辩证法,是我们想象力的倾向之一,皮埃尔-马克西姆·舒尔将其命名为"格列佛情结"(Gulliver complex),我可能也是这种情结的患者吧。

莱缪尔·格列佛漂流到布罗卜丁奈格,第一次目击巨人的身影,随之发出感叹:"哲学家说大小问题的关键在于比较,说得完全没错。"

确实,不做比较就分不出大小,无论是小人还是巨人都依靠与其他物体比较才能成为小人或巨人。没有绝对的

---

① 梅丽牛奶(メリーミルク),明治出品的一款牛奶。

小人或者巨人，小人和巨人一开始就是相对的存在。假如我们在夜晚睡觉的时候与房间和床一起变大了一百倍，到了早上肯定没有人注意到这个变化。我这么说，是因为床和我们的大小关系在这种情况下没有任何变化。莱布尼茨曾经证明过，如果世界上所有的东西都膨胀了，那么我们的眼中看到的事物不会有任何变化。同样地，如果世界缩小了，我们也不会发现。我们就像哈姆雷特一样，"就算被关在胡桃壳里，也要成为凌驾无限天地的王者"。这些都是理所当然的事情，读者可能会觉得我没必要特意强调。但是将我们引入痴醉幻想的格列佛情结的所有问题的出发点，就在于这单纯的比较的问题、相对性的问题。

哈姆雷特的胡桃壳会让我们立刻联想到"壶中天"这个故事吧。在东汉时期有一位名为壶公的仙人，他白天在市场上卖药，经常将一个空壶挂在屋檐上，到了晚上就跳进壶中。当地的官员费长房看到了，想知道其中的秘密，恳求仙人让自己和他一起进入壶中。壶里并不是壶的内部，而是楼阁、门和长廊鳞次栉比的仙宫世界。[1] 所有的小宇宙都严格按照大宇宙构成，我们的相对论式思考肯定会在其中发现小模型（miniature）式的把戏。库萨的尼古拉从无限的观点思考这个问题，提出了最大的东西和最小的东西一致，也就是"相反的一致"这一观点。

---

[1] 事见《后汉书·方术列传八十二》。

"愈是有可能将世界精巧地缩小,我们愈是能够更加确切地拥有世界。而且要理解,与此同时,小模型的价值也随之凝缩,变得更加丰富。为了理解小模型的动力学效果,只靠柏拉图式的大小辩证法仍不足够。为了体验小中有大,必须超越理论。"这是加斯东·巴什拉在《空间的诗学》中的叙述,我们每个人都能依靠想象力轻易地超越理论,跳入小模型的世界。

我想起了奥逊·威尔斯的第一部电影《公民凯恩》的最后一幕。曾是新闻界大人物的凯恩老去了,他在临死前紧握着的是一个摇一摇就可以让雪粉落在乡村小屋上的小玻璃景观球。这是象征着凯恩少年时代回忆的小模型。将玻璃球的小世界握在手中的时候,即便是遭受背叛的自恋老人也还能够体会到拥有世界的感觉吧。多亏了小模型,梦想家才可以毫不费力地体会支配世界的感觉。现实的世界被分割四散,所以如果不将它做成小模型,我们就不可能支配世界。这就像仙道的高手将世界封闭在一个壶里一样。

*

我之前引用了米歇尔·莱里斯的可可盒子和梅丽牛奶罐上的画,不过比起小模型,按照皮埃尔-马克西姆·舒尔的说法,称它们属于"嵌套"主题,也许更合适吧。按照大小顺序依次嵌套，就像中国的魔术箱一样。恐怕在童话和民俗学领域，符合这类属性的形象不胜枚举。有名的芝诺悖论"阿基里斯与龟"（连续的无限可分悖论）或许也可以抽象地置换为这类无限重复的形象。每当阿基里斯追赶乌龟的时候，虽然龟的领先距离会渐渐缩小，但是这个距离永远不会消失，在理论上永远存在。它就像可可盒子上画着的荷兰少女一样，虽然会一直缩小，但是同样永远不会消失。也就是说，某种意味上，乌龟成了阿基里斯的"嵌套物"。

为了脱离悖论的循环，德谟克利特等哲学家提出将物质的最小单位设为原子的方案。但是据让·科克托等诗人的意见，说某物大或小是不对的，应该说距离它的远近。肉眼看不见的微生物并不小，科克托认为它们是太远了，至少比眼睛能看见的星星更远。"如果可以确立距离的全新概念，'有尽头的无限小'这种愚蠢观念便会消失，大小的观念也会失去意义，不会再撞上极大、极小这类幻想中的墙壁。"科克托在《陌生人日记》中如此说道。他将可视性视为距离的函数，想要使大小的观念消失。换一种说法，就是将我们的眼睛当作一类望远镜。这种奇怪的理论从根本上推翻了时间与空间的既有概念，按照这种理论，荷兰少女没有变小，而是保持着相同大小，只是相距很远。

如果寻找"嵌套"主题的文学作品、哲学和科学著作，我想也许可以编出一本厚厚的精选集吧。不仅是希腊诡辩家，我们似乎生来就喜欢玩弄形象游戏和相对性的理论。有超越性气质的人可能会十分享受那种无限和眩晕的感觉。例如威廉·布莱克曾经说过："一粒沙中看世界，一朵野花见天堂。"这位神秘主义诗人写了名为《水晶柜①》的诗，值得一读，嵌套的主题在其中以绝妙的形式展开。一位少女抓住诗人，将他关进水晶做的密室里，并且上了锁。

> 柜子晶亮闪耀，
> 由黄金、珍珠和水晶建造。
> 柜中有另一个世界，
> 展示一个小巧可爱的月夜。
>
> 我看到了另一个英国，
> 我看到了另一个伦敦与伦敦塔，
> 另一条泰晤士河与岸边的山丘，
> 另一个舒适的萨里小屋。
>
> 我看到了另一个像她的少女，

---

① 原诗名为 *The Crystal Cabinet*，作者采用译名为"水晶の部屋"，即"水晶的房间"。下文诗歌参考英语原诗译出，涩泽龙彦所引日语译文与英文原诗有差异。

通体透明,光泽清丽。
她由三重身体嵌套。
啊,多么令人享受并战栗的不安!

哦,多美的微笑!三重的微笑,
充满了我,使我像火焰一样燃烧。
我弯下腰,与可爱少女接吻,
三重接吻回到我的唇边。

我试图抓住最里面的少女的身形,
火焰般的双手带着猛烈的激情,
但这点燃了水晶柜,
变成哭泣的婴孩……

*

"宇宙是一个苹果,人类是它的种子。"说这句话的人是十六世纪的帕拉塞尔苏斯,但是十七世纪的自由思想家西拉诺·德·贝热拉克(Cyrano de Bergerac)在《月球世界旅行记》中提出了一个有趣的宇宙论,它受到了哥白尼的全新学说的影响。据西拉诺说,宇宙虽然是一个苹果,但是"这个苹果自身也是一个小宇宙,比其他部分更热的种子是太阳,它放射的热量维持着在它周围的地球。

如此想来，种子里的胚温养着促进种子成长的盐，它是这个小世界的小太阳"。可以看出西拉诺提出了更加精致的嵌套式宇宙论。

通过西拉诺的例子也可以明白，十七世纪嵌套式宇宙论的出现与望远镜和显微镜的发明绝对密不可分。在这一点上，就连大家熟知的帕斯卡的"面对'无限空间'的恐惧"，也是一样的。在此引用一个出自《思想录》的帕斯卡的望远镜式、显微镜式世界观的例子。

"如果想让人类看到另一种令人惊讶的奇迹，那么就去寻找暂未为人所知的最小生物吧。比如蜱虫的小小身体中有小得无法相比较的各个部位。也就是说它有带关节的腿，腿里有血管，血管里有血，血中有液体，液体中有液滴，液滴中有蒸汽。人类的能力尚不足以进一步分析最后的物质。因此，人类能够在最后接触到的对象就是我们问题的对象。恐怕他们会认为这就是自然中最小的东西吧。"虽说如此，但是帕斯卡并不赞同，他说"这个小小的原子一样的东西的内部"其实有"全新的深渊"，其中有"无数的宇宙"，"宇宙"各自拥有"广阔天空、星星与地球"，"地球上有许多动物，最后可以找到蜱虫"。

帕斯卡理应对十七世纪后半才开始广泛流行的、因显微镜研究而得出的生物学上的嵌套说（又称先成说）一无所知，但是他通过直觉先提出了这种观念。

在此我想引用熟悉科学史的舒尔教授的论文《格列佛

的主题与拉普拉斯公理》，简单解说生物学上的嵌套说。

在1670年，意大利的马尔切洛·马尔皮吉[①]通过显微镜观察鸡蛋的成长，发现鸡蛋里会先出现小鸡的形态，因此认为小鸡在出生前已经拥有起源，这就是先成说的发端。先成说是一种假说，它认为卵子或精子中已经拥有新生命的雏形。与此同时，荷兰的斯瓦默丹[②]在著作《自然的奇异》中主张，自然界中不可能突然出现某物，只会由某一部分长大或者发育，所以全人类来自亚当和夏娃的腰部。

也就是说，在嵌套说里，人类的精子或者卵子中已经存有缩小的完整人类，这个小人的体内也具有完整的精子或卵子，而且其中还有一个小人。最终，过去、现在和未来的所有人类都像这样存在于人类始祖亚当和夏娃的精子或卵子中，从一开始就拥有完整的人类形态。可以将可可盒子上画着的无数大小不一的荷兰少女中最大的一幅认作是亚当和夏娃。在他们之后的所有人类，都是这位大号荷兰少女手中盒子上画的、身姿与她相似的小小荷兰少女。

在1690年左右，荷兰的列文虎克与哈尔措克（Hartsoeker）使用显微镜观察精子，得出其中缩着小人的结论。

[①] 马尔切洛·马尔皮吉（Marcello Malpighi, 1628—1694），意大利显微解剖学家。
[②] 斯瓦默丹（Jan Swammerdam, 1637—1680），荷兰生物学家、显微学家。他是最早在解剖中使用显微镜的人之一，其技术在后世数百年间仍在使用。

与卵子派相对应，他们被称为精子派。当然，他们只是依靠简单想象与推理，其实并没有看到精子内部端坐的小人，他们本来也不可能看见。可是，有一个声称自己亲眼看到小人的人出现了。在蒙彼利埃有位名叫普朗塔德（Plantade）的学者，他以文字游戏借"达伦巴特乌斯"（Dalempatius）这个化名，在1699年出版了一本书，其中记载了关于显微镜的惊人发现。书中提到，小人钻出精子外膜，"它明显展现出两条腿、屁股、胸部和两条手臂。它的头上覆盖着一层皮膜，就像头巾一样盖住头部。这确实值得惊讶，而且看上去令人难以置信。男女的性征太小了，所以没能确证。"

这位作者毫无疑问是开玩笑的，或者可以说他是位讽刺家。伴随着显微镜的登场，生物学上的嵌套说也变得兴盛，而且已经发展到了这种程度——就像中世纪的炼金术一样，学者已经离开了观察的领域，在想象力的领域振翅高飞了。

嵌套说为当时的哲学带去了极大的影响。如果仅是本有神秘主义的倾向、爱好显微镜并用它进行观察的耶稣会士阿塔纳修斯·基歇尔这样的人也就罢了，但是据说竟然连马勒伯朗士[①]与莱布尼茨等人，也都感受到了深深的感动与畏怖。虽然有许多科学思想史家论述过伽利略的望

---

① 马勒伯朗士（Nicolas Malebranche，1638—1715），法国天主教奥拉多利修会的神甫，理性主义哲学家。

远镜带来的天文学发现对哲学的影响，但是关于显微镜的发明所带来的影响，不知为何似乎至今无人注目。莱布尼茨的《新系统》和《单子论》中不时会出现当时的生物学者们的姓名，并且还会出现考察先成说的内容，这位学富五车的哲学家曾说过"物质的各个部分就像有无数鱼儿栖息的水池，或者长满植物的庭园"（《单子论》），可以看出他完全接受了显微镜的嵌套说。但是，我想在这里引用并不广为人知的马勒伯朗士的《真理的探究》中的一段：

图 40　嵌套说中的人类精子

"人常常用显微镜观察几乎看不见的、比沙砾更小的动物。人们观察如此奇妙的小动物，想象力变得混乱而且动摇。""用放大镜或者单用肉眼观察郁金香球根的胚，可以轻易地看出胚中有叶子。它最后会变成绿色，并形成花朵，或称郁金香。在这小小的三角形部分中，有种子（雌蕊）和在郁金香内部、围着种子的六根小柱（雄蕊）。"当然，这不仅适用于郁金香，对于更大的树木而言也一样。树的胚中不仅有一粒种子，还有可以成长为许多新树木的"极多树的种子"，"一颗苹果种子，可以生出几乎无限的时间，其中含有数不胜数的苹果树、苹果和种子"。

阅读这篇文章，会使人产生一种印象——他们与幼年时代的米歇尔·莱里斯一样，在意识或无意识中享受着嵌套说带来的眩晕感。可以看出，即使是严格禁止放纵自身想象力的哲学家，也没有抵抗住眩晕的诱惑。

在1759年，先成说尝到了全面失败的滋味。德国生物学家卡斯帕·弗里德里希·沃尔夫[①]证明了生物体的各个器官按顺序形成。这就是"后成说"，沃尔夫因此成为后来的"胚叶说"的先驱者。

*

我意识到，可以将这种因一个球体无限扩大或缩小而成立、以嵌套为主题的眩晕，称作巴洛克式的想象力的效果。这么说来，无论是这篇随笔中出现的哲学家和诗人，还是斯威夫特、布莱克、西拉诺、帕斯卡，都可以被视为拥有超凡巴洛克气质的人吧。《圆环的变貌》的作者乔

[①] 卡斯帕·弗里德里希·沃尔夫（Caspar Friedrich Wolff, 1733—1794），德国解剖学家、生理学家，近代胚胎学的创始者之一。

治·普莱[①]引用理查德·克拉肖[②]的诗歌并指出:"宇宙的壮阔是孩子手中的玩具,但孩子的渺小可以成为拥抱世界的神的巨大,没有比这交叉运动更具有巴洛克式想象力特征的了。"这交叉的运动也许就是伴随着眩晕的、嵌套式的形象的运动吧。

中世纪人所思考的宇宙,由小球体和更上层的球体嵌套而成,即像同心圆一样的宇宙。我们可以通过例子,比如但丁的《天堂篇》的插画,也就是波提切利美丽的素描,了解这类同心圆构成的宇宙。当然,它的中心是地球,外面是月球天、水星天、金星天、太阳天、火星天、木星天、土星天、恒星天与原动天,依此顺序构成。它严格依照托勒密的天球图构成,天球有不可动摇的、固定的阶层秩序。毫无疑问,就算是要求画家绘制但丁插画的洛伦佐·德·美第奇,也没能想象出除此之外的其他天球图。

可是,根据许多艺术史家的看法,欧洲的巴洛克风格美术是在哥白尼的宇宙论替代托勒密的宇宙论并处于胜利地位之后立刻出现的。哥白尼的学说从根本上改变了由神的意志所决定的世界中人类的位置。创造的中心从地球改为太阳,也就是从人类的领域转移到火的领域。"神创造

---

① 乔治·普莱(Georges Poulet,1902—1991),比利时文学评论家。
② 理查德·克拉肖(Richard Crashaw,约1613—1649),英国诗人、教师,英国圣公宗神职人员,后改信天主教。

图 41　波提切利　但丁《神曲·天堂篇》插图

了有限世界"的观点被破坏,产生了与之相对的"无限宇宙"这一值得畏惧的概念。其实,帕斯卡这一有着巴洛克式不安的人(准确地说是帕斯卡代表的无神论自由思想家们)十分害怕这一点。试想,同心圆式宇宙的阶层秩序变得不确定,小球体膨胀得十分巨大,大球体在快速缩小。其关键在于,哥白尼的学说告诉人们世界不仅不是以人类为中心旋转的,而且世界甚至本就没有中心点,世界由完全同质、同价值的各部分构成,所以其统一性只存在于自然法则的普适性之中。

丰特内勒[①]曾提到:"宇宙是互相束缚而形成的有弹

---

① 丰特内勒(Bernard Le Bouyer de Fontenelle,1657—1757),法国散文作家,法兰西学术院成员。

图 42 托勒密天球与哥白尼天球的比较图 十七世纪的铜版画

力的巨大事物，可以将其想象为能够膨胀收缩的巨大气球的集合体。"(《笛卡尔派的涡动论》)不断膨胀收缩的宇宙是无限的，而且是统一的，是一个连续的原理构成的有组织的体系、一个有机的机关、一个永动装置，是一个理想的计时装置。

实际上，对莱布尼茨而言，"世界是一个不用修理的时钟"。据科学史家亚历山大·柯瓦雷[①]说，"莱布尼茨的真正志向在于'世界—机械的自我满足性'"，也就是他所谓的"神制造了自己无法干涉的、完美无缺的机器"(《从封闭世界到无限宇宙》)。

当时的知识分子们喜欢将小宇宙比喻为时钟，是因为他们通过阅读十六、十七世纪的那些富有哲学或科学色彩的叙事诗去理解宇宙，而绘画作品又使他们更容易接受这种观念。据乔治·普莱说，其实不仅是时钟，天文观测仪、地球全图、平面球形图等装置及图像都成为微缩宇宙的比喻。我认为，在这装置和图像的目录中，应该再加上指南针、望远镜和显微镜。无须赘述，望远镜和显微镜比起作为宇宙的比喻，更接近于一种观察宇宙和自然的道具，但是它对哥白尼之后的巴洛克宇宙观造成了决定性的影响，这是迄今为止我们看到的无可辩驳的事实。证明宇宙扩张收缩这一事实的证人，正是这些望远镜和显微镜。

---

① 亚历山大·柯瓦雷（Alexander Koiyré, 1892—1964），法国著名科学哲学家与科学史学家，是第一个提出"科学革命"说法的历史学家。

*

显然，人类的想象力并不满足于让某物体保持固定的大小。想象力总希望使对象急剧扩大或收缩成为可能，追求着类似爱丽丝在漫游奇境时喝下的药水一样的东西。

把玩在海边捡到的贝壳，我想到瓦莱里说的"我绝不承认，形状与大小之间存在着必然的依存关系"，"我不能想象出形状无法想象的事物，无论是大还是小。如果要想象某种形象，我的精神无论如何都会想象出与其相似的、大大小小的形象"（《人与贝壳》）。

正因如此，古代的宝石雕刻师和中世纪的细密画家不得不空想出仿佛有马、山羊、大象等动物飞奔而出的巨大贝壳。在这种情况下，贝壳既是贝壳，也不得不成为一个家。这与哈姆雷特的胡桃完全一致。

后　记

我刚好在十年前写完随笔集《梦的宇宙志》，自那之后总希望有机会再写一本相同主题、相同写法的书。这本《胡桃中的世界》正是实现我多年来的愿望、对我而言可称为生于"幸福之星"[①]之下的作品。

从内容看来，《胡桃中的世界》也可被称为"我的书本（livresque）博物志"吧。也许这种书也可以从形象思考和结晶嗜好的观点为其命名吧。在杂志《Eureka》上连载时（1973年1月—1974年1月），这本书的名字曾暂定为《微观谱》。我坚信神存在于微观[②]之中，而且我一直想用中国人和江户时期的随笔家们常用的"谱"这个字。

[①] 指大角星，航海时指示方向的星星。
[②] microcosmos，或译为"小宇宙"，指宇宙的视野，其中局部（微观）能够反映出整体（宏观），且反之亦然。

这次作为单行本出版，并且采用最后一篇《胡桃中的世界》作为总标题，可我实在难以割舍"谱"字，到做出决定、选择"胡桃"为止，我一直像哈姆雷特一样徘徊不定。这全是我喜欢形式带来的后果。

此外，书中的《关于怪物》一篇是为杂志《艺术生活》（1973年8月号）提供的文章。还有，为了出版单行本，每篇文章我都做了一定修改。在此感谢《Eureka》编辑部的三浦雅士、出版部的三轮利治与高桥顺子。

昭和四十九年（1974）八月

涩泽龙彦

后记（文库本）

在1964年出版《梦的宇宙志》之后，恰巧隔了十年，这本《胡桃中的世界》在1974年出版了。我一边感受写随笔的快感，一边在自己喜欢的领域中，随心所欲地从喜欢的书中寻找并收集喜欢的主题，创作这本书的过程可谓十分享受，完全没有风尘仆仆的现实感。我想这本书可以算作我在七十年代之后的全新出发点。

我在初版的后记中提到过，其实《胡桃中的世界》是一本像"书本博物志"一样的书，我在这本书中不知满足地写下了几何学形象、石头、动物、各种装置，甚至对称、螺旋、乌托邦、庭园和小宇宙等等我所喜欢的主题的随笔。结果，本应出现在三年后写下的《思考的纹章学》中的主题，也尽被收录其中。唉，如果追溯我在八十年代写下的类似小说的作品，可以说它们的构想基础都在这些文章里吧。

我不断追求原型、追求形象的结晶，至今仍享受着充盈在罗马式艺术中的它们。虽然这些内容颇为禁欲，但也许是由于它的反作用，我便想要在虚构世界中放荡一些。这就是我这几年开始写小说的理由。

但是创作《胡桃中的世界》时，我还没有想这么多，只是将目光聚焦在欧洲而已。我在巴什拉、荣格、罗歇·凯卢瓦、巴尔特鲁沙伊蒂斯等人的影响下，深入欧洲典籍并流连忘返。

起初，这十二篇随笔的总标题是《微观谱》，于1973年1月至1974年1月在杂志《Eureka》上连载。还有一篇《关于怪物》，是为杂志《艺术生活》（1973年8月号）撰写的文章。单行本题名为《胡桃中的世界》，在1974年10月由青土社出版。此外，这本书也被收录在1979年由白水社出版的《BIBLIOTHECA 涩泽龙彦》第一卷中。

昭和五十九年（1984）八月

涩泽龙彦